主编 凌翔　　　　　　　　　当代著

做一枚圆月挂天空

韩冬红 著

民主与建设出版社
·北京·

© 民主与建设出版社，2020

图书在版编目 (CIP) 数据

做一枚圆月挂天空 / 韩冬红著 . —北京：民主与建设出版社，2020.2
ISBN 978-7-5139-2935-6

Ⅰ.①做… Ⅱ.①韩… Ⅲ.①散文集—中国—当代 Ⅳ.① I267

中国版本图书馆 CIP 数据核字（2020）第 033540 号

做一枚圆月挂天空
ZUO YIMEIYUANYUE GUA TIANKONG

著　　者	韩冬红
责任编辑	周佩芳
封面设计	陈　姝
出版发行	民主与建设出版社有限责任公司
电　　话	（010）59417747　59419778
社　　址	北京市海淀区西三环中路 10 号望海楼 E 座 7 层
邮　　编	100142
印　　刷	唐山楠萍印务有限公司
版　　次	2020 年 7 月第 1 版
印　　次	2020 年 7 月第 1 次印刷
开　　本	710 毫米 × 1000 毫米　1/16
印　　张	13
字　　数	200 千字
书　　号	ISBN 978-7-5139-2935-6
定　　价	39.80 元

注：如有印、装质量问题，请与出版社联系。

为战车上配备着戈、矛等刺杀兵器，作战的士兵可以根据需要挑选兵器。

孟子曰：天时不如地利，地利不如人和。天时是指适合作战的时令和气候。地利，指有利于作战的地形。秦赵长平之战是七月，战场是在峡谷中，不用说是对赵军（马上射箭）骑兵的一种考验（那时骑兵还没配备马鞍，有不能近身刺敌和不适宜在狭窄地带作战的弊病）。赵武灵王"胡服骑射"军事改革，至儿子赵何和孙子赵丹世袭成王，骑兵一直停留在开创期，史料上从没赵国利用骑兵获得大胜的记载。可见赵括带兵打仗既不占地利，又失人和，十万大军被困山谷，虽没内讧，但失去与大本营联系后，韩、魏又不肯提供粮食和军事力量资助，可谓惶恐不安，打败仗是铁板钉钉——注定了的。

赵括固然应该承担他逞强好胜所造成的损失，可最大的责任还是应该由赵丹承担。假如赵丹对廉颇多一些信任，便不会中了秦国的离间计。曾经秦国攻打楚国时，从大本营出发到目的地，平均每消耗一百九十二石粮食才能剩下一石供应部队，那时为了向前线传输粮草，成千上万的兵夫死在了路上。而秦国距离长平，并不比楚国近，正常的补给都是一个不可能完成的任务。可见，秦军已经不能对固守在丹河东岸的赵军，构成任何威胁，廉颇带领军队再坚持半年，"士兵疲，粮食匮"（《吕氏春秋》）的秦军自然会打道回府。赵丹的错误直接导致除去二百四十余年幼者，四十五万赵军全部遭坑杀，问题是谁敢把千古罪名推到赵王的头上？

在那次公考面试中，长治确实出现了不少优秀人才，他们衣着合体，举止落落大方，回答问题有条不紊，由不得当考官的我犹豫，便亮出高分。在这之前，我一直感觉所谓的优胜劣汰，会有人幕后操纵，若不是自己参与面试，恐怕至今还在怀疑它的公平公正。

战争和公考不同，它允许有不公平存在，即便你用美人计、离间计、调虎离山计等等计谋，即便坐在王的宝座上的人曾经是以反叛者角色进犯的，只要赢了，自然有人为他歌功颂德。这是古代的游戏规则。

小车推出的庄园

停放在院落中的手推车，像一位坐看云舒云卷的老者，双目写满慈祥。凭手推车车轱辘是橡胶的这点可以得出，此车非当年房三成和房五成所使用。可又何妨？在我看来他无非是穿上了一双新皮鞋而已，当年为房家立下的汗马功劳，谁都抹杀不掉。

耳旁依稀听见房三成、房五成推着小车、摇起手中的拨浪鼓，拉开了嗓门：卖布嘞，卖布了，纯正的手工棉布啊。声音带着特有的"武"侬软语，瞬间引来大姑娘小媳妇的围观、驻足和购买，不一会便卖出一大匹布。

与其说我对手推车感兴趣，不如说我是想听这位尊者讲他的亲历目睹。多年后，房家的基业像滚雪球一般，越滚越大，出生于清末光绪年间的房锦云（1862年，字尚絅），将房家基业推向事业的顶峰。那时，这里每天有快马加鞭的掌柜，带着账本子不断从河南、江浙和东三省以及西安、银川、呼和浩特等地汇集柜房院，从此经过的人，远远便听见清脆响亮的算盘声，那声音既似万马奔腾，又似泉水叮咚，账房先生目不斜视，手指灵活地在算盘上盘旋、弹奏。可以说用"日进斗金"形容房家的买卖，一点不夸张。因此，房家的院落从晚清到清末民初，近百年的时光，由一座、二座，发展至大小院落三十多座，房舍六百余间，三片宅区占地百余亩。

不论我游走在房氏庄园，还是上网翻阅有关房家的资料，"德"字都以极高的频率出现在我的视线中，让我应接不暇。比如，房家把"祥顺公"开到开封城的分号，用"四大德"命名（德庆恒、德庆成、德庆兴、德茂恒），把北大过道中的五处宅院，三座起名不离"德"（育德堂院、承德堂西院、承德堂东院），就连嘉庆年间，房家从姓杨的手中收购的药店"顺发"，也改名"德庆增"。这种传承，到了房锦云这一代，尤为明显，他与同村徐家共同出资合办的武安历史上第一所私立学校，后更名尚德小学，他的儿子房续尧的字叫德三等。

一个个"德"字的出现，难道是偶然？房家偏偏把宅子建成"品"字，而不是"喜"字、"吉"字或其他字，不然房家的后人——老房讲起爷爷辈的房锦云时，眼神中不会流露出无尽的自豪，他说："我们家有祠堂不叫房家祠堂，叫周济堂，每年两次拿出祭祀的款，用于周济族人和施粥……"老房这番话无疑是对大古道圆券门上方石刻的"止于至善"和内侧的"敦厚以礼"的最好诠释，成为一方富甲后的房锦云并没忘记生他养他的故乡。

伯延位于武安南部，是千年古镇，因形如大雁，故称伯雁，是后人将伯雁改为了伯延。它南依鼓山，北临洺河，在如今看来，可谓依山傍水，风景旖旎。数年前的这里非今天这样富足，它土地缺少、且稀薄，十年九旱，日子过得捉襟见肘，因此生活在此的人们不得不外出谋生，这便是为什么武安历史上外出经商人数众多的重要原因。光绪庚子年（1900）年，武安发生大饥荒，流民遍地，伯延人民在所难逃，房锦云毅然打开自家的谷仓，向灾民舍粥放饭，救人无数。灾难过去，身为平民百姓的他居安思危，提出了"御灾之法，莫善于义仓"，带头向义仓捐献谷物，带动了许多开明人士捐粮。1920年黄河以北那次严重的大旱灾中，这些粮食派上了用场。

在北大过道房家的一座宅院中，我看到门楼内侧砖基与墙壁接壤处足有两尺长、三寸宽的裂口，风化了的土坯从里面探出头来，望着我这个陌生的造访者。于是我做了一个假设。假设用手推车作为量尺，那么房家得推着手推车走多少村、串多少户，才能置办齐盖房子的材料？他们又要忍受多少风霜雨雪、忍受多少顿饥肠辘辘，才能请来能工巧匠雕石刻砖？他们穿梭武安与彰德、与开封、与奉天、与银川多少趟、才能陆陆续续盖起这三十多座院落、六百多间的房屋啊！结论是我不得而知。更何况做买卖远不止只赚不赔。这样一假设，我便心疼起这些不会说话的老宅子了。

房锦云若是计较他是一个商人，是接过父一辈靠手推车致富的接力棒，靠吃苦耐劳才走到今天的（至清末民初房家在全国各地开办的商号达九十余家，拥有四千余亩土地和武安西部大片山林），那索性抱着他的金银财宝去只管当他的大财主，甚至可以不出资建小学，不出资捐助大学，再造上几处豪宅，再娶上几房姨太太，过妻妾成群的土皇上生活。如果是那样，房锦云的名字还有今天这么响亮吗？

相反，房锦云把钱看得很轻，把家乡看得比真金白银还重。他胸怀远大，不满足只让房家子孙遨游在"图书""翰墨"中，还把慈悲的目光投向家乡的孩子。《武安县志·教育篇》还原了房锦云与徐家共同出资创建的武安"两等小学校"（后更名私立尚德小学校）的校貌：讲室、校舍宏大整齐，操场尤其宽阔，运动器具无一不备，设备完善可为小学之冠。小学校虽然几易其名，但百年来一直是武安教育的旗帜，为武安和国家培养了不少栋梁之才。

天行健，君子以自强不息，地势坤，君子以厚德载物。房锦云先后两次向北京的民国大学和中国大学慷慨解囊，以致中国大学将第一宿舍命名为"尚绷斋"，这种奖赏，试问在武安商帮中，又有几人？即便在全中国，像房锦云这样有超凡济世能力的又能找出几个？也因此他赢得了至高无上的荣誉，从清朝到民国，他屡受官方的嘉奖。光绪三十年，清王朝对他奖二品封典，诰封通奉大夫。进入民国，大总统视他为民国功臣，亲自匾旌其门（匾文由蔡元培亲书"育我菁莪"），并连续两次授予他嘉禾勋章，一次为三等，一次为二等。

……

身体硬朗，性格不温不火的老房继承了祖上的遗风，讲起房锦云与其他富人不同时，竟然归纳成"其一、其二和另外"，让终日与材料为伍、说话还缺乏条理性的我，很是汗颜。我相信年近七十岁的老房，当年定在书房院中受到了良好的家教和知识熏陶。老房说房锦云与其他富人与众不同的地方，在于他乐善好施，他又讲了一个大家不为人知的故事。有一年天降大雨，鼓山上的大水冲了村里少有的良田，村民们束手无策地看着水魔在此兴风作浪，在他们看来只有主心骨、保护神房老尚（当地人称房锦云房老尚）从东北回来后，村里的良田才有救。出乎意料的是房锦云回来后没表态，于是村民们说了："房老尚都没辙，我们能有啥办法？"谁料，做人做事一贯低调的房锦云，当日带人跑到山上，在没有任何切割工具的情况下，硬是起石头，用牛车拉到被大水冲刷的田间，筑起了堤坝。

没等老房说出房锦云的"另外"，有人来叫他，说是参观房家大院的外地游客，想请他过去讲解，我也想跟他一起去，再推一推手推车。

门前有条河

　　准确地说，与第一个磁县北贾壁人近距离接触，是因为我们制造的噪音过大，扰了她。我们制造噪音的原因是看见河边有一棵小腿粗的树上挂满已经熟透了的柿子，有"秋尽冬至万物枯，唯有柿树挂灯笼"的唯美意境。一向沉稳内敛的瑞红，竟然忘情地举起手机。而不大善于语言表达的书光，身体向上一跃，随着一只红透了的柿子落在手心，几枚叶子也悄然落地，成为"赃"证。有着浑圆身材的中年女人正是此刻从家里走出来的。她家在柿树的西侧，是夹杂在上了年头的老房子中间的现代化新居。那一刻我在内心喊出"糟糕"后，便"先发制人"："不好意思啊，我们是市里的，稀罕柿子，在这拍几张照片。""没事，玩吧玩吧。"说着，她一转身，轻掩住了大门，根本没看地上的落叶。我见此人说话声音温和，脸上一直带着浅浅的笑，似春风微醺。

　　没有谁喜欢有戾气的村庄。那一刻，我喜欢上北贾壁人，爱屋及乌，也因此在游走古宅区时，每每看到那些残垣断壁，一种发自内心的痛感如电流传遍全身，犹如看见老家——我日渐衰老的村庄。可转而一想，谁能抵挡住岁月的游走而终生不老？谁又能永驻荣华富贵的风口浪尖呢？

天蓝得出奇，阳光下那些被岁月侵蚀的青砖，呈现出大小不一的凹槽，凹得越深，颜色越暗，与凹槽浅的形成千鸟格图案，加之从石头缝隙中冒出的野菊花，弥漫着淡淡的草药芳香，更衬托出这里的幽静与深邃。书光说这里拍照不错，于是几人拍完照，不知不觉步入布满鹅卵石的河底，又先后爬上河岸。走在最后的我，与一只守候在门洞内的猫目光相遇，它警惕地用两束寒光望着我。我明白是我等好事之人的贸然闯入，扰了这里的寂静，扰了它的安逸。那一天，造访古宅区的除我们两组十一人外，没再遇见其他游客。沉寂，已经成为古宅区特有的符号。

我向这户人家眺望，大门向南，河横在门前。杂草和疯长的野树树冠遮天蔽日，我只好越过被风化的青砖高墙，向二层小楼行注目礼。依然是青砖建筑，只是和这里所有青砖建筑一样，砖被时光洗去铅华，像一个遁入空门的灰衣僧人，不是落寞，专为清修。二楼的西墙上有菱形格的木窗，令我浮想联翩。我喜欢这种窗，当雨滴敲打窗棂时，木窗营造出的是大珠小珠落玉盘的闲适意境，绝不同于雨点砸在铝合金窗户上那样的直白生硬。不管木隔窗新时有多精致，它现在已经归于木头的本色。世间一切，总会从浮华归于本真，又归于尘土，谁能逃脱得掉？

不清楚过去这里人的居住习惯，涉县王金庄习惯一层住牲口，二层住人，三层储存粮食。假如，我评头论足的这间房子住着官宦人家的千金小姐，那她一定不同于武安伯延的徐家小姐，徐家小姐必须通过陡峭、狭窄的木梯，抵达闺房，我想她也没有心猿意马，即使有，也早被扼杀，原因是她眺望的视线，被自家逼到云端里的高墙，挡回六尺以内。而这位千金小姐不同，她站在窗前，能毫不吃力地将纵横交错的街巷统统纳入视线。这是何其幸运啊！

远不止我一人好奇，好奇这里为什么有很成规模的古宅。古宅的主人是为官？还是经商？当的什么官？又经的什么商？大大的问号，默默地在我们几个人之间传递。来自平原地带的我们，从未在村子里见过这么多青砖房。年长他们几岁的我，儿时在村里见过一两座青砖房，可拥有它们的都是在家庭出身一栏中写有"富农""中农"的人家。如果按照我的逻辑推理，那么北贾壁村过去富农、中农，应该遍地都是。我们走进几座大门口有简易砖雕的古宅，迎面而来的是古朴气质，三进院、五进院，令我们瞠目结舌。破旧，难以掩藏房屋骨子里的贵气。无疑，主人讲究的是实用，而非让外人看到的豪气奢华。

　　回家的当晚，迫不及待地问了互联网，找到北贾壁的历史。资料记载，位于磁县西北七十华里的北贾壁村始建于汉光武帝年间，距今有一千七百多年历史。当年曾教过三王二帝的明朝大学士蔺从善，告老还乡后，没用皇帝的赐赏修坟祭祖、安度余年，而是用在为黎明百姓铺路搭桥上，他买下一条自北贾壁，途经彭城至磁县鼓楼的三丈六尺宽，七十余里的大道。蔺从善正是战国时期以国家利益为重，用智慧化解干戈，以谦让化解恩怨的成语"完璧归赵"和故事"将相和"的主人公蔺相如之后。蔺从善的祖父蔺皋和三个儿子，是明朝洪武年间从磁县羌村移居北贾壁的，发展至今，蔺氏家族已达五千余人，占村里总人口的75%，可谓"名门望族"。

　　看到这里，我有种当年哥伦布发现新大陆的惊喜，一遍又一遍重复着两个字——难怪。难怪那些古宅门楣上多刻有"以和为贵""和为贵"；难怪那些建筑既不像王金庄古建筑那样雕栏玉砌，又不像伯延房家那样低调中暗藏着奢华。我从不迷信名人，但我敬畏世世代代有大德的人。记得北贾壁村村干部指着从此岸连接彼岸的石头桥说："你看这桥！"因为他并没有说桥的出处，我也就目光匆匆一掠，桥的外观并不漂亮，甚至可以以"粗砺"来形容。此刻，回想起那座桥，回忆起去年北贾壁曾遭遇百年不遇的洪灾，我的心灵被震撼了，那桥分明呈现出如磐石般坚固,可当时村里的情况是道路被冲垮,房屋被摧毁。现在获知,这样的古桥,村里有三座。

如今,北贾壁村人倚水而居的格局成为过去式,可村里良好的风气没有断。除亲历目睹了文章开头一幕外,我们还亲历了下面这两幕。一只狗用狂吠告诉它的主人,有陌生人闯入了它的护卫圈。"别叫了。"妇人制止狗的狂吠。有些怯懦的小郑,不知哪里来的勇气,竟然说:"阿姨,能去您家里看看不?"没想到妇人毫不犹豫地回答:"来吧。"我们跟着撩起竹帘进院,几乎所有人都吃了惊。凭借以往经验,感觉挂竹帘的屋子一进门,会看到桌椅。岂料,屋子里别有洞天。这是一个长方形院落,东屋与西屋呈对称式布置,至少有四间,没有走进北屋,不知道真实的建筑面积,目睹没有东、西屋大。我跟妇人你来我往几句交谈后,方知她家房子至少在一百八十年以上。

洋洋得意地从妇人家出来,一名看不出真实年龄的清瘦男子,站在不远处,他笑着对我们说:"喜欢老房子,来家里看看吧!"那一刻我的第一反应是此男人可能要小费,在王金庄,在伯延,跟老房子拍照是收费的。谁知,从我们五人进门,到离开,男人就没提钱的事。我为我以小人之心度君子之腹脸红起来。男人家的房子是四合院,比妇人家好,正房,二层建筑,除去抱厦与南屋接连处有些坍塌外,房子基本完好。他还骄傲地说:"我两个儿子娶媳妇,都是娶到这个屋(东屋)的。"

我观察起先后被两对新人当作婚房的古屋,两扇旧式木门,墙壁少说有两尺厚,室内面积最多十五平方米,通间,屋南头有一个并不宽的砖炕,这样的布局,倒是充满浓浓的烟火气息。

那一刻,我不得不说血脉基因是不被摧毁的记忆,它带着祖先的耳语,家族的纹路,穿越生死的传递,经久不衰。家风正是开在血脉基因上的果实。

我为"大王"来巡山

无数堆积云群，呈现出深浅不一的灰色，把天空原本的底色，遮蔽得严严实实。司机是拥有三十五年警龄的黄泥河森林公安局森侦大队长代继军，我坐在副驾驶座位上，由浅山走向深山。临近九月的黄泥河林区一眼望去，玉米、水稻、黄豆，统一在绿色调中，而挺拔的白桦早已做了秋的信使，一片、一片又一片的叶子落地，以至与穿红戴绿的白车轴草、魁蓟、月见草相比，表情淡然得像遁入空门的佛弟子。长在红松上的松塔，像菠萝，任由风动，云动，它自岿然不动；再看落叶松、赤白松、水曲柳、柞树等针叶、阔叶树种，有的酣睡，有的在聆听鸟儿唱歌。

越野车既是沿着当年林场向外运输木材的小铁道行驶，也是沿着派出所巡逻车的车辙行驶。我与代队长聊起为啥冬天用滑雪板巡逻，他讲了一个故事。那是2015年冬天，距离黄泥河森林公安局最远的塔拉站派出所，民警小贾在徒步巡山时，一时难以辨别的两行印痕引起他注意，他顺着印痕追过去，路边的雪刚漫过脚脖，树林深处已经到大腿根，可那两行痕迹并没有留下很深的坑，这到底是什么痕迹？小贾吃力地深一脚、浅一脚在雪地行走，一个背着大包的后影映入他的眼帘，小贾奇怪的是那人的包鼓鼓的，像被硬物支撑着，疑似是猎枪。那人也发现了他，只见他不紧不慢地移动脚步，雪地上留下两行痕迹，很长很长。零下四十度的极寒天气，此人鬼鬼祟祟，显然是偷猎者，那人在前面走，小贾在后面追，从黄昏追到月至头顶，那人还乐此不疲，再看这边小贾，险些累瘫在雪地上。小贾弯腰喘气的工夫，那人从眼前瞬间消失。小贾向局长杨勇做了汇报，当年因见义勇为破格成为人民警察的硬汉马上决定：不论任何时候，咱们的警察一定要能够拉得出、追得上、守得住。2016年元月，一支滑雪巡逻队和雪地摩托车巡护队呱呱坠地。

　　我想起在当地陈列馆看到的那副缴获自偷猎者的自制滑雪板，接触雪地的是猪鬃，顺岔可以上坡用，逆岔下坡起到防滑作用。我笑着说了一句，真是道高一尺魔高一丈。

　　越野车来到西北岔中心派出所。没进门，一位姓董的副所长以为我是记者，便说，我得给你说说我们所长，去年，他爱人生孩子，当时所里忙，二十天没回家。在单位从事宣传工作十余年，这样的话我听到的最多，可每次听到，总想流泪。代队长岔开话题，说进去喝杯茶。我顺便看了他们视频监控，其中有东北虎活动廊道。联想起民警着洁白隐身衣、脚踩滑雪板像神话中的飞马，在林海中驰骋的画面，于是脱口来了一句"我为'大王'来巡山"，自顾笑了，可笑着笑着突然酸楚起来：零下四十度，民警们也不能停止巡山。

　　这里有虎。黄泥河19.6万公顷的林区，通过远红外遥感相机捕捉到三至五只东北虎的活动轨迹。这是我之前没有想到的，尽管在根深蒂固的记忆中东北虎的发祥地在黑、吉、辽三省，可我也看到过相关资料，20世纪80年代末至90年代初，吉林省有六至八只，全国也不过16至22只，况且随着前些年的乱砍乱伐，土地沙化，植被破坏，老虎迁徙到松花江南岸，集中在乌苏里江和图门江流域中俄边境地带。老虎的回归，无疑向这里释放了一个强波信号，生态环境正在由恶劣向良好转变。

或许在常人看来，老虎的消失和到来，与人类没有一丝关系，何须如此大惊小怪？事实上，老虎在它所生活的生态系统中起着关键性作用。当老虎种群健康时，生态环境中的其它生物组成部分，在生态等方面也相对强健，理由极为简单，老虎是处在食物链顶端的大型食肉动物，老虎离去，那些野猪、野鸡、野兔、狍子、马鹿一类食草生物，疯狂繁殖，最终会导致与人类争食的恶果。

作为一名拥有三十年警龄的老警察，我平生第一次近距离接触森林公安，却闹了不少笑话。本以为森林公安的职责无非是打击偷伐，保护野生动物，悠闲得很，至于说巡山，那是林业部门的主业，走进森林公安，方才明白职责决定他们常年打无硝烟的战争，保证东北虎以及其它野生动物的生态资源安全，责任重于泰山。看似静寂的林子中，总是暗流涌动，东北虎、棕熊、黑熊、狍子、马鹿、紫貂、松鼠、野鸡等近百种生物藏身其中。然而，在鲜活生命涌动的后面，还有一种罪恶的涌动。为了利润，也或为了丰盛自己的餐桌，偷猎者们把罪恶之手伸向树林，在树与树之间捆上细细的铁丝套，在地面上支起夹子，在两棵树之间立起粘网，误入的许是野猪、袍子，许是野鸡、鸟等。

民警们巡山有两种方式，宣传和清山清套，是他们的工作常态。而不是像我这样坐在车上，仅仅在林中小道上走上一圈。以派出所所长或民警命名的警务车，每星期二、四、六到林区、村屯宣传，车动喇叭响，内容有《森林法》《野生动物保护法》《刑法》等法律法规，以及向百姓介绍当前新型诈骗的防范知识。

还是塔拉站的派出所小贾，他收到村民举报信息，和战友们立刻踩上滑雪板。靠近林子深处，感觉那个偷猎者的背影很熟，他想起来了，此人正是之前跟他玩躲猫猫的神秘人。只见他从包中掏出屠刀捅向野猪，小贾夺下刀，遗憾的是野猪被钢丝套得早已窒息。重罚偷猎者自然难免，所里还决定将此情况通报给他所在村屯领导，此人担心丢尽脸面，写保证书没有下一次。小贾给他讲法律，讲政策，最后讲得此人一脸惭愧地说，如果能为死去的动物"赎罪"，愿意说出祖上传下来的狩猎秘密，诸如在什么季节偷猎，针对不同禽兽，不同的下套、下夹方法等。令人欣慰的是，经过几年来宣传与打击并重，现在的清山、清套队伍已不单纯是森警，还有四类人转变而来的志愿者，一类为之前的破坏者成为保护者，二类为之前的下套者转变成了解套者，三类为狩猎人转换成了巡山人，还有一类为砍树人成为看树人。

2018年春，一只狍子不慎钻进偷猎者绑在树上的钢丝套，生命危在旦夕，额穆派出所在清山、清套时发现了它，用钳钳开绕在树皮内的钢丝，抱起狍子到动物医院，消炎，涂药，带回所里饲养几天后，见狍子颈部勒痕抚平，才放它回林中。假如钻进套子的是东北虎呢？局长杨勇下令，加大了宣传和巡山密度，确保东北虎生态资源安全。

继续驱车向老白山驶去。一条黑花蛇在路上散步，代队长说，它是老鼠的天敌，老鹰又是它的天敌，这就是生物链，如果没有蛇，林子里的老鼠就会成灾，还会产生鼠疫。说话间，一只可爱的小松鼠飞快地从车前一闪而过，翅膀上散发着金属光泽的墨绿色蝴蝶，慵懒地抖动翅膀朝我们飞来，我担心它会撞在玻璃上，可通过反光镜，发现它无忧无虑地飞着，越飞越远，直到在我视野中成为一个黑点。转过头来，代队长向后倒车，说是有野鸡，我只看见一道绿波划破灌木丛。

做一棵耧斗菜何妨

我是爱植物的，尤其是野菜。野菜不仅能开花，遇到灾荒年，还能保住乡亲的命。我在乡下长大，认识的野菜很多，马齿菜，灰灰菜，荠菜等。前不久去山西左权龙泉森林公园玩，刻意掐了几枝耧斗菜的花，带回家，将其插在素烧净瓶内，花有藕粉、紫罗兰和麻白三色，安静，素雅，甚是好看。想拍一组图片，可无论从哪个角度拍，都拍不到它们的正面，因为花朵倾斜呈45°角，这让我想起了成熟的谷穗，想起了佛菩萨的低眉敛目，也越发喜欢它们。

我用识别花卉的软件，去详细了解耧斗菜，希冀它和《诗经》有一定的联系，但我失望了。耧斗菜属于毛茛科，别称猫爪花，普普通通，它们生长在浣纱湖通往十龙神祠的路两旁，梗很长，叶似艾，它不像我家乡的灰灰菜、蒲公英和中华苦荬菜那样花开怒放，它只管不动声色地静静开放。我把耧斗菜小心地放在凉台，把花蕊朝向我，一朵粉红色的梅花如情窦初开的少女面颊，浅浅地出现。它们将美朝向生养自己的地方，不羡慕他人，这点比我强。

我记住了楼斗菜，记住了它们低垂的目光。想起小时候，每到夜晚，我一定会举头数星星，母亲笑我痴，说天上的星星成千上万，怎么能数的清？我想，若是母亲看见我又在数绿植的种类，一定还会笑我痴的。岂止母亲在笑，同行的人也笑。可我并不在乎他人的感觉，继续陶醉在星星或者野菜的世界里。我很感谢"识花君"这个识别植物的软件，在这里让我认识了大树下面自由自在生长的蓝花参、细梗胡枝子、绣线菊、小叶鼠李、锐齿鼠李、绣球绣线菊等。我的脚步才丈量了公园的1/3，可想而知，在整座公园中，该有多少我不认识的树和花草，藏在深闺等人识！

料想不到连树身挺拔的油松，目光也是向下的。去往雷音寺的沿途中，入眼的油松，手腕粗，树身挺拔，纵向的树枝宛若手持各种法器的准提菩萨，又像伸向小草小花的一双温暖的大手。

如果目光向上，那么那些年幼的树，定会遭遇集体砍杀。一棵形状像卧龙的柏树，树干粗细超过婴儿手腕，比起那些大树，它的身价同一根草一样卑贱，可是十年前，王总带着等同于门生的刘总到尚不是景区的景区后，望着寂静的森林，像是打开了一本大书。他们屏住呼吸，小心地铺就一条不过两米宽的水泥路。没多久，一棵形状像图腾龙的柏树树叶耷拉，不几天便枯黄成茅草色。王总立刻叫停手下，他说："不用说，是我们的行为破坏了这里的生态环境。"于是改用木板材铺路，造价一个亿，他们毫不含糊。至今那棵已经呈炭黑色的卧龙柏还"长"在原地。当时，我听一脸阳光的刘总讲起这个故事，心灵被触动，对王总他们肃然起敬，他们的行为阐释了对于生命的尊重。没有尊重，就没有植物，也不会有人类。

生长在这里的一草一木是幸福的。虽然树木不懂得人的语言，但是它们会用自己的神态表达幸福。在公园，一根中指粗细不差多少的树，挡住我的去路。不，确切地说，远看它如几根从树梢上垂下的红布条，走进一看树身已经被醒目的红布条包裹，裸露着几小块褐色的树皮，树身上有个小牌，上写：红桦树。红桦树，瘦，笔直向上。如果拿它与景区两个人合抱的小叶杨树比，简直是小巫见大巫。倘若砍掉它给伙夫，伙夫都嫌它派不上用场。可在这里，木地板中间钻了很大的洞，为红桦树营造了属于自己的生长环境。

生命体有大有小，即使再小，它们也能折射出龙泉人对万物产生的敬畏之情。在景区一隅，遇到一块像三个蹲下来的成人大小的顽石，脊背凹处并存三种植物，有细梗胡枝子、黄精、笃斯越桔，它们的枝干有一尺长，细如铁线，根扎在石头缝隙中，却牢固得很。不用说它们是从种子萌芽开始，一点点长大的。一直到现在这个样子，告知游人什么是——生长。

我不清楚那些生僻植物的种子是借风而来？还是鸟衔来的？亦或是通过水源漂来的？没人回答。植物界比人类公平，当地的土著笑着接纳了外来者，大有英雄不问出处的风范，而外来者紫椴、白桦、扁叶柏、鹅耳枥、辽东栎、裂叶榆、皂角等树种，既来之，则安之，不管土壤是贫瘠，还是肥沃，是平原，还是石崖，就一头栽进去，活成了生命。王总告诉我，这里绿植覆盖率达95%，肉眼所触大多为绿，也会有极少为绯红。在绿的大家庭中，那些乔木、灌木任由斑翅山鸡、苍鹰、大斑啄木鸟、大山雀等飞禽在枝头吊嗓子：哆来咪发唆啦西哆，有了树林，即有了它们的快乐家园。

我还听到工人夸赞王总，说他对员工一视同仁，那一次年会他给所有人亲自夹菜，不管是高层、中层，还是公司的保安和保洁，一个也不落。一边赏美景，一边听王总的故事，王总在我心目中逐渐清晰起来。如果没有人文情怀，思想境界达不到一定高度，目中是没有风景的；如果没有风景，心的宁静从何谈起？又哪里来的钱的干净！王总同龙泉绿一样，充满着积极向上的力量，尽管他目光一直向下。

目光向下，是多么可贵的一种品质啊！又是何等的一种境界啊！我们的祖辈在田间劳作，一时一刻目光都没离开过土地，耕种榜收，锄草打药，黄土映照他们的黑红的脸，作为农民子弟，我继承了他们的目光向下，对弱者投去悲悯，对万物心存敬畏。尽管我的身份一度发生变化，可没有学会媚上欺下，"我"字当先，把老实之人当傻瓜。

我把从龙泉带回来的耧斗菜栽到花盆里，爱人说野菜无法家养的，我偏偏执拗地养它。我端详耧斗菜，有着切肤的亲切。我喜爱它低垂的目光，心想，做一耧斗菜何妨？低调、内敛，你中有我，我中有你，这样的大美是属于世界的。

至乡间

不论城镇还是乡村，在我眼中，只要和文化挂上钩，便有了历史，有了深度，能令人反复咀嚼而不乏其味。人，也一样。

在中国历史文化名镇涉县固新，遇到一位年近八旬的老伯，看着装和相貌，他和坐在墙根晒太阳的老者没啥区别，可当老伯领着我们几个寻访古村落的好事之人，疾步走在固新的大街小巷，在洞阳观、西券门、二槐树（大槐树具有两千多年树龄）、灯房、辘轳以及几座明朝的老房子前，讲它们的前生今世时，老伯在我们眼前，一下子高大、英俊起来。后来方知老伯除去这工夫，还集绘画、剪纸、根雕、书法为一身，是我们平时难以一见的乡村里最有文化底蕴的人。

在临漳的萧城寨，也遇到这样一位老伯。本来我还叹惜村里没历史，谁知坐在板凳上抽烟的一老伯，慢条斯理地说：传说我们村是萧太后驻扎兵马的主寨，后带领大军撤离，留下人看守寨子，这些人生养繁衍，渐渐成村。我不屑地笑了笑，心想传说归传说，毕竟没有文字记载，大可不必当真。老伯不辩，反而邀我去小庙看碑文，我半信半疑，出于礼貌跟在他身后。在小庙门口果然有一残缺的赑屃，它蹲在那里，为我做着抛砖引玉的注解。进得小庙，映入我眼帘的是摆放供品的长桌，紧挨桌面的石板显然不是普通的水泥板，上面刻有绽放圆润的荷花，其刀工线条流畅，绝不是当代的能工巧匠所为。还有竖在墙根的琉璃瓦，翠中有黄，黄中含翠，散发出柔美的光泽。我又在当作供桌腿的石碑前驻足，上面依稀可见"明""白马寺""修缮"等字符。这些信息足以向我证明此村拥有三五百年以上的历史。

老伯说当供桌的石板是他用普通石板换来的。文革时，庙宇被摧毁，石板铺到桥上当桥板，被人畜随意践踏，看着可惜。我赞叹老伯做了一件好事。从老伯口中还得知，琉璃瓦和石碑也是村里有文化的人，想方设法保存下来的。

在我准备写这篇文章时，想起了成语沧海遗珠（出自唐·牟融《寄永平友人二首》），意思说是大海里的珍珠被采珠人所遗漏，比喻埋没人才或被埋没的人才。如果不是遇到两位老伯，我对固新和萧城寨不会有任何印象，如今恰恰相反，与友人说起这两村子，犹如从地下挖到了真金白银一样的兴奋。

在造访这两村的同时，我还造访过另一个村。它依山傍水，风景旖旎，岚常常出没在云端，为山村增添了一丝神秘。令人称奇的是，在这个物欲横流的社会中，村民还对孔方兄不感兴趣。我学着驻村工作组人的样子，主动与村民搭讪："下地了？""吃饭没？"村民们勉强跟我点点头，我见缝插针，问他们是否愿意让村里搞旅游？我满以为他们马上咧开嘴，像看到一大沓票子那样露出满脸的笑，谁知他们一脸的平静："不愿意，多麻烦呀！"我苦笑了一下，不知是为自己世俗？还是为他们宁肯过着"采菊东篱下，悠然见南山的"田园生活，也不愿意为物质充裕，折腰在红尘喧嚣中？

被野草淹没的石碑记载了南坡村的由来。南坡村，建于宋元之后，也就说最少有七百年的历史。按说，拥有七百年历史的村落，怎么也该称它为古村落，甚至可以随处可见粗的几人合抱不过来的老槐树、老枣树或其他树种，也或从丢在犄角旮旯里的石头石墩中，寻到有些被岁月打磨过的深深烙印。我却什么也没发现，除去石头基座的观音庙看上去有些年头外，看不出谁家的建筑还写着古老。

我想起了在固新镇和萧城寨邂逅的那两位老伯，他们谈吐中，既流露出几分谦逊，又有几分儒雅。可见一个人有没有魅力，不在于年龄，而取决于有没有文化内涵。文友刘兄弟说固新镇的老伯是乡贤。乡贤往往出现在地方文化浓重的地方，是对故乡有德行、有才华，有贡献人的称谓。这样说老伯，我觉得一点不为过，因为固新的资料，大多是老人家整理出来的。

倘若南坡村里有这样的老伯，把村里的历史文化书写成文，世代相传，那么我便不会感觉在文化方面，南坡村是贫血儿。乡贤，是乡村文化的脉络，失去他们，犹如高楼失去了根基、人失去了主宰他的灵魂。

一直以来，我为自己不知道老家"北辛庄"村名的由来深感惭愧。我想借助互联网，谁知在如今这个凡事都可以"问"它的时代，它竟懵懂地冲我摇了摇头。打我记事起，村里有文化的人很少很少，况且，那会我还没有意识到，一个人若不了解他出生的地方，就仿佛一个人不了解生他养他的爹妈。村里最有文化的莫过于一个外号叫"小日本"的老头，听大人们说他读过私塾，脚步到达过全中国的四面八方。大人们说这话时，并没有流露出对文化人的尊重。

"小日本"与人说话张口闭口，孔子曰、老子云，再就是百善孝为先，执子之手与子偕老。村民们听不懂"小日本"的之乎者也，撇撇嘴，离他好远。

"小日本"梳着清代男子的长辫子，头发和到胸口的胡须，像萧瑟秋风中摇曳的芦花，后来看到齐白石大师的照片，感觉很"面熟"，想了很久突然有一天想起了"小日本",是的,"小日本"的神态特别像大师。我不知道大师的奇人轶事,可知道一些"小日本"的。我很怕"小日本"身上的黑与白,这颜色常常让我把他与堂哥讲的索人命的黑白无常画等号。我不敢和他说话,总觉得他像堆放在南墙多年不用的朽木,像摆在门洞子里的棺木,瘆人得很。可我相信,要是搁今天我这般年纪,一定会追着"小日本",请他讲"四书""五经",讲我们村名的来历,讲韩姓又从什么地方来。尽管我的小脚趾甲信息提示我老祖宗是从洪洞县大槐树老鹳窝底下移民而来,这信息透露给了大半个中国——没有了新意。

我不知道"小日本"的真实名字,也不清楚他绰号是不是他说出来的话,村民们不懂,感觉他在讲"日语",而得其名。至今,我没找到答案。

那天我跟一文友聊到了文化人,我说,所谓文化人其实是在重视文化的人眼中,才有用。

王桃园

当馆陶县宣传部李春红部长提醒大家，现在要去与邢台临西搭界的教育小镇王桃园时，我并没觉得那里和普通农村有什么不同，可她一再加重的口气，还是引起了我的好奇。"这个拥有125户人家、500多口人的小村，自恢复高考以来，已经出了3名博士、9名硕士，100多名大学生……"话音未落，惊得我险些从座位上跳起来，听说过有村靠种大棚蔬菜发了家，也听说有村里靠养殖致了富，还真没听说过哪个村，靠出大学生出了名的。

提起农村，我的脑海中立刻跳出这样关联：因为穷读不起书，因为没有文化，跟不上时代步伐，于是落后、愚昧会接踵而来，就拿这几年农村发生的一些刑事案件来说吧，犯罪嫌疑人几乎没多少文化，可我走进王桃园村时，却无论如何与我脑海中的农村形象画不上等号，几乎在一眼能望到边的胡同里，随处可以嗅到王桃园村的文化气息，家门口悬挂着"光荣牌"，统一规格的大照片，兰亭书法广场，装饰具有田园风格的苔笠书画工作室，坍塌的土坯房圈起来做成带底座的奇山怪石，矗立在那里，令人马上会想起何为岁月，何为沧桑。雁翼前辈的照片和短诗《我是一堵墙》，把土房映照得如陶渊明笔下的世外桃源。龙应台说，文化就是一种生活方式，在特定的地理、历史、经济、政治条件中形成。在王桃园，我看到了这一点，尽管我没有看到村里人谈文化，没有看到村里的孩子在课堂上学文化。

我对文化充满的敬畏，化作一声一声的赞叹。我母亲因战争逃难到距离姥姥家有三十多里的我村，很受人歧视，他们称母亲是"野南乡"，自从村里一位德高望重的文化人，知道我母亲是教书先生赵明斋（不知道是不是这两字）的外甥女后，一下子抬高了母亲在村里的地位，母亲当上了村干部。现如今即将九十岁高龄的母亲，与人交谈，还不忘记向人"炫耀"，她有个秀才舅舅。说这话时，一向说话大嗓门的母亲，会刻意压低声音，向人示意她是文化人的后代。在我看来，馆陶县"炫耀"一个村出了这么多的大学生，远比炫耀他们县有多少人身价几个亿要有意义得多。不信你可以辨别一下这几句话：某某富得除去钱没别的；某某舞跳得特别好；某某歌唱得好！再有就是——某某，人家可是个文化人！

"橘生于南则为橘，橘生于北则为枳""龙生龙，凤生凤，老鼠的孩子会打洞"，可见一个人在什么样的环境中，会造就成什么样的人，这话千真万确，不然，不会有"孟母三迁"的故事。有三四个馆陶人，多年来在单位发挥着中流砥柱作用，从不张扬，依然保持着学生时代的好学和不耻下问。我老家距离王桃园直线距离不足百里，至今村里没出过几个大学生。论人口，我村比王桃园还多出三百多人，可考上大学的人数，不足王桃园的百分之一。八十年代初，眼看与我相伴读初中的同学，从一个排减少到三两成行，那些上了岁数的爷爷奶奶们开始数落我母亲：活该受累，放着十几岁的大闺女不用，上什么学，有什么用？我定睛一看，原来那些女同学，有的帮父母种地的，有的帮家里挣外块（把碎皮草缝到一起，缝一张一尺见方的皮草，挣八分钱），再看自己，单纯读书也罢，还喜欢上了花费高的美术。那段时间，我做梦都担心母亲说我：别上学了，跟娘种地吧！所幸，到毕业，我的担心也没成噩梦。

那天母亲捧着我的散文集《会传染的快乐》，对我女儿说，活到老，学到老，一定要学文化。事实证明，母亲最看重的是文化，否则，我的工作不会是每天看稿、写稿。

如果说那会父母不让孩子读书，是因为家境差，可条件有些改善后，村里自愿让孩子上学的依旧凤毛麟角。在很多人看来，上学是赔本买卖，尤其是女孩子，早晚得嫁人，还不如早点给家里挣点钱。至今，村里能完成高中学业的人少之又少，倒是到外边打工的却比比皆是。

一方水土养一方人，此话说得甚好！在王桃园，不比吃，不比喝，专门比谁家出了大学生，这样的攀比，我举双手赞成。谁家孩子考上了大学，门口立刻悬挂上了"光荣牌"，上有父母姓名，孩子被录取的大学和人生格言。那绝不是一枚普通的小木牌，那是全村人对文化的顶礼膜拜。

丛台情

在南国厦门某酒店，几个北大毕业生聚在一起聊天，从首都北京聊到秦始皇的出生地——赵国古都邯郸，又聊到典故"鲁酒薄而邯郸围"。真是凑巧，当酒场中一人知道我行程四千多公里，带去家乡的丛台酒时，声声为拥有我这个邯郸来的朋友而自豪。

是的，的确值得自豪。邯郸是一座三千一百年不改城名的古都，是赵国七雄之一。早在西汉时期，与洛阳、临淄、宛（南阳）、成都，并称为"五大都会"，有二百多年称都史。当历史的车轮驶向 20 世纪 70 年代，古赵留给邯郸的有丛台、赵王城、插箭岭、照眉池、铸箭炉、回车巷等遗址，如今唯有丛台高耸，其他已是一方夯土、半拉土坑，兼有东施效颦，令后人不肯认同。丛台是赵武灵王在位时期，于王城北部一带建造了气势宏大的宫廷园囿，有天桥雪洞，亭台楼阁，装饰奇特，"连聚一起，故名丛台"（《汉书·高后纪》）。为纪念胡服骑射改革图强的成功，赵武灵王特在丛台上设宴招待文臣武将，将赵酒赐名"丛台酒"。后人曾用"台上弦歌醉美人，台下橐鞬耀武士""霸图争说古丛台，长啸临风载酒来"来描绘那荡气回肠的壮观场面。

我距丛台公园之近，他人羡慕不已。多年前，乳臭未干的我跟两个姐姐住在城内中街99号，出了悠长的南北街东行，再北拐，就见丛台高耸，绿树成荫。那时每星期必登一次丛台，台子可登高望远，整座城市一揽怀中。那时我不知道李白、杜甫、白居易都到过丛台游览吟诗作赋，也不知道乾隆在丛台行宫上曾饮酒（丛台）观舞，不仅写出了千古长诗《邯郸行》，还对丛台酒进行了皇封御题最高褒颂"美酒十千醉不辞"，使邯郸美酒再次步入宫廷大内。

虽然此丛台，非彼丛台，但是丛台酒早已是邯郸的一张名片。谁家朋自远方来，不喝丛台酒、不登一登丛台，会觉愧对他们。

80年代中期，我家搬到丛台酒厂彼岸，再也不能周周登丛台，此时的我时常到高大气派的丛台酒厂门前闲庭信步，以弥补内心的缺憾。我艳羡身着酒厂制服的酒厂人，他们头顶丛台酒耀眼的光环：第三届全国评酒会优质奖，全国轻工部酒类质量大赛银杯奖，第五届全国评酒会优质奖、国家质量银质奖章……我更是对丛台酒不能忘怀，婚期将近，家中为婚礼上喝什么酒乱了阵脚，我提出只喝丛台。

翻阅资料获知，我结婚那一年正是丛台酒从低谷走向巅峰的分水岭，这让我再一次铭记了它。尽管当时酒厂从1945年成立，到1994年，已经走过近五十个春秋岁月，这期间获得无数荣誉，摘取无数桂冠，但并不是皇帝的女儿不愁嫁，是1992年邓小平的南巡讲话，才使丛台人如浴春风，两年后，组建了邯郸丛台酒业股份有限公司。可喜可贺的是"群雄逐鹿，看我丛台"的广告在央视黄金时间播出后，丛台酒这只金凤凰飞出了外省、飞出了国门。然而，好景不长，资金短缺，丛台酒再度折翼。不屈服的董事长李增其带领丛台人，对资产重新整合，很快冲破黎明前的黑暗，恢复了酒业雄风，是邯郸市仅次于邯钢的第二个利税大户，传统的酿酒技艺，已列入河北非物质文化遗产。1999年、2000年，连续两年利税超亿元。2014年，销售目标超五亿，2015年的销售目标十亿元。

最近，和众作家一起走进占地五百亩、投资不到十三个亿的丛台酒业肥乡新区，首先映入眼帘的是一组汉战风格的建筑群，长廊、湖水、假山、瀑布、竹林、榕树、雕塑，一步一景，令人拍案叫绝。据介绍，完工后的新区，届时能使消费者了解三千年酿酒历史文化，体验传统手工酿造技艺，品尝不同年份、不同香型、不同档次的基础酒和成品酒，感受大型封坛仪式、观摩现代化灌装工序和员工精细操作。

我拭目以待。

水墨大洼

　　想不到站在观鸟亭上看大洼,犹如第一眼看见丝巾的感觉。女儿送我一条丝巾。越接近边沿,翠绿的成分越浓,浓得像刚从锡管中挤出的颜色,在绿中有一簇簇、一朵朵浅粉、浅紫色的小碎花。而丝巾的中心,是极浅的绿,浅粉、浅紫的花也随之变得若有若无,像一幅水墨画轴。

　　大洼,是黄骅南大港湿地和沧东沿海洼淀区的俗称,就是大苇洼、大洼淀的意思,它是距今五千年的海水东退、黄河在这一带泛滥改道的杰作。张华北老师介绍,大洼有植物、昆虫、鸟类二百多种,国家一级保护鸟类就有丹顶鹤、白鹤、白鹳、黑鹳等;像大天鹅、灰鹤等国家二级保护鸟类不四十种,淡水鱼类接近三十种。还有狐和其它动物。为了证明鸟儿确实栖息在此,张老师讲了个故事,话说五月份的一天,他独自来大洼,远远听见鸟们在浅吟低唱,不等靠近,鹤、鹳、鹬便展开翅翼,扯着嗓门,"驱赶"他快走。

　　遗憾的是不论我远眺,还是近观,没看见一只鸟、半只兽。这样的清寂,或许是一拨又一拨游客的造访,惊了鸟儿举家向绿植深处迁移筑巢。头一天由黄骅港回南大港的路途中,车上的我,隔着几十米的距离,看见白身体、黑翅膀、朱红色双腿的鸟,在湿漉漉的水边闲庭信步,它们为静态的画面增添了几许灵动,我以为是海鸥,一问是鹬,鹬蚌相争中的鹬,学名黑翅长腿鹬,当地人叫它长腿娘子。《散文风》封面上的它们,在苇洼上空滑翔,姿态优雅,像天使一般。尤其是它的双腿,直、长,让人马上联想到T台上的美女们。鹬蚌相争出自《战国策·燕策》,与赵国有关,来自古都邯郸的我,迫切希望能近距离看见它,看它和蚌是怎样互相讥讽诋毁,最后被渔人捉去的。然而,至我一步三回头地离开大洼,也不见鹬的芳容,反倒是车驶出几十米后,文友惊呼看见了黑天鹅。

我不解为何大洼的芦苇个头不及我记忆中高挑?张老师语气低沉地说,今年一直没下雨,再定睛一看,芦苇们似齐刷刷卷着"裤管"农人,站在污泥中,喊着渴。那一刻,原本那颗想飞翔的心顿感下沉。在我印象中,芦苇是水的伴侣,高大,挺拔。多年前老家村南河沟、浩边长满了芦苇,虽然没大洼的芦苇成气候,可也春夏碧绿柔美,秋冬豪气冲天。那时夏天三天两头下雨,每下一次雨,芦苇猛的向上窜一截,直到长成巨人高。至今,我能清晰回忆出雨后芦苇的那种绿,绿得像打了植物蜡,又像成色上好的翡翠。

我喜欢月下的芦苇塘,纯净,简单。嘈杂的村庄披上绚丽的金属色,使河边的芦苇片刻间筑起了铜墙铁壁。月亮忘情地跳进水中,用行动证明"她"想与人间平分秋色。咕嘎咕嘎,成千上万的蛙聚在一起,声大如鼓。一向自以为是的蝉,趴在树杈上扯开嗓子大喊知了,知了。母亲白天下地劳作,晚上趁着月色到浩边洗刷。她端起一大盆脏衣物走在月下,我抱着沉重的棒槌跟在后面,我家距浩边不到百米,硬是把棒槌放在地上歇上三回。浩边已经有南北街好几个女人,边说笑,边用棒槌捶打衣物,水花轻轻溅起,似游龙喷珠吐玉,母亲很快加入其中。

若干年后，在景德镇陶瓷展销会上，看到名为《荷塘月色》的观赏盘，盘中月光如绣，荷花饱胀得马上要裂开，大地一片静谧，我端详良久，以为时光带我回到儿时。那晚，母亲到浩边洗涮，我依旧抱着棒槌跟在她后面。母亲不喜欢孩子过早承担家庭琐事，在她看来我们的任务除去学习，可以做些力所能及的，这力所能及的是不带任何风险性，六个儿女，母亲挨个当宝，对我更胜一筹。母亲接过棒槌，放在水边，然后，像轰鸡仔一样，把我轰到离浩很远的高坡上，说玩去吧。闲来无聊的我趁母亲不注意，摘了一支苇叶，卷成小喇叭，坐在水簸箕上，水簸箕相当南北街的泄洪口，若不是好天，母亲决不允我在此逗留。我坐好，面对圆月，试探着着调，经过无数次地摸索，终于结结巴巴吹奏出"我爱北京天安门，天安门上太阳升，伟大领袖毛主席，指引我们向前进……"尖细的声音在村庄上空回荡，蛙张大嘴巴忘记了鸣叫，蝉只发出了半个"知"字，丢掉了"了"。沙沙，沙沙，依稀看见泉下的父亲化作芦苇冲我微笑、点头。

不知从哪一年开始，村里没了水，自然没了夫唱妇随的芦苇。在大洼见到芦苇，如他乡遇故知般亲切。

若不是张老师介绍，芦苇可造纸、加工成工艺品、制造生物制剂等，我还真不知道它们浑身是宝，只知道过去老家房顶用的苇箔、土炕上用的炕席，都是苇子编的。在我老家那一带，谁家日子过得是否殷实，不用问只看房顶的苇箔和炕上的苇席便知，苇子粗细均匀，稠密的说明主人有钱；苇席也是，稠密不说，没有缺一块少半拉的，那才叫好。现在盖房子用苇箔的已极少数，估计用苇席的就更少了。

为写这篇小文去翻阅资料，方知湿地对生态的重要性。资料中说芦苇和水葫芦、香蒲等植物，能吸收污水中浓度很高的重金属镉、铜、锌等，在美国的佛罗里达州，有人做实验，将废水排入河流之前，先让它流经一片柏树沼泽地（湿地中的一种），经过测定发现，大约有98%的氮和97%的磷被净化排除了，湿地惊人的清除污染物的能力由此可见一斑。在印度的卡尔库塔市，城内设有一座污水处理场，所有生活污水都排入东郊的人工湿地，其污水处理费用相当低，成为世界性的典范。

　　自认为夏季的大洼最美，一望无际的青纱帐，像镶嵌在燕赵大地的一块碧玉，谁知身旁的张老师却说，（大洼）最美要数十月，金黄的芦苇顶着雪白雪白的芦花。不等他讲完，我迫不及待地用心握笔，挥毫过去，青青的芦苇荡，瞬间一片灰白，再蘸少许土黄，竖起笔锋染苇杆，完成这一切后，笔锋一转，几只引颈高歌的丹顶鹤豁然纸上，一张水墨秋色大洼随风展开。

　　金秋再来，我当场表态。届时手托横笛，一身素衣，十万里的芦花作幕布，与鹤、鹳、鹬们起舞弄清影，岂不快哉？

第三辑　坏扇区

黄昏下的村庄

　　黄昏就像一件到脚裸的布袍，不管里面穿着是否得体，一罩，便多了一份整齐。黄昏撒下的是金子一样的光芒，土屋，砖墙，猪舍，麦秸垛，归家的老牛，牧童，统统披上盛装。

　　村庄，一天中黄昏最喧嚣。那是人与动物的合奏，哞，汪汪，小翠，小花……孩子是村庄的开心果，不知忧愁的他们，跟小马驹一样在黄昏里撒欢，捉迷藏，撞拐，踢键子，翻跟头。不去下地的女人们早早做好饭，趁等丈夫回来的空隙，往大街上一站，另外几个跟她一样的女人，像是闻到了味，很快如溪水汇到一起，她们叽叽咕咕，时而把头凑在一起，时而夸张地仰天长笑，时而又羞怯地笑骂，看我不撕破你的嘴。

　　哪个村演电影是这个时候知道的。我们村是三面被南宫包围的隶属威县的小村，公社演出的电影，我们村排到最后，在没有任何娱乐项目的年代，看一场电影是最美的精神食粮，有时候为看一场电影，十多岁的男孩子步行五里地，到南宫所辖村去看，遇到战争片，他们追着放映员跑好几个村。每次哪个村演什么电影，二哥率先知道，娘说他有千里耳。

二哥走路一向四平八稳，只有在听的哪村演电影时，双脚才会像踩上风火轮，人没进家，便大喊，娘，快点，我要去看电影。平常不爱钻厨房的二哥，殷勤地拉风箱。啪嗒啪嗒，风箱被二哥拉的像发脾气，灶中的火与天上的霞光交融在一起，惊得枝头上黑压压的麻雀叽叽喳喳叫个不停，惊得家里的狸虎猫三下两下爬上树，麻雀扑棱扑棱像树枝抛出去的黑纸团。若是搁早晨，急着下地劳作的娘，脸一绷，一准抄起苕帚疙瘩抽打二哥一顿不可，因为是黄昏，风没了脾气，娘也没了脾气。娘赶紧从大缸里捞出一块白萝卜，嚓嚓嚓，切细丝，淋上几滴香油，倒上少许醋，麻利地从烟气腾腾的热锅里，给二哥舀出一碗饭，浸泡在盛了凉水的盆子里。

黄昏下的村庄，很多时候是看风行事的。我跟大姐，二姐，三人去舅舅家赶会，舅舅说傍晚刹风了再走不迟，其实舅舅是不希望刹风的，风刹了，我们会回自己家，又剩他孤零零的一个人。我们恰恰相反，一刹风，好带上舅舅给的肉、白馒头、绿豆粉皮，乐呵着回家向邻家显摆。我们眼巴巴瞅着窗外的杨柳枝夸张地摆动腰肢，眼瞅着白花花的太阳光渐渐发黄，直到在外面走动的舅舅黑粗布棉袄披上金色光芒，风才站稳了脚，我兴奋地大喊，回家了，回家了。舅舅的眼圈就红了。我说舅，过几天我再来。舅舅知道我是安慰他，三十多里地，岂能说来就来呢！多少个梦里黄昏，舅舅站在后墙角看风，他徘徊，不想把刹风的消息告诉我们，可打了牙祭的我们丝毫不领情，一刻不停地要回家。

太阳滚圆滚圆的，它悬在半空，像谁家孩子把皮球扔上了天。我竖起食指，闭上一只眼睛测量太阳，它距离地面也就一指，大姐紧蹬自行车，我坐在前梁的小座上一路向北，我们走太阳走，不到徐庄，我们头顶上的如红色羽翼一样的晚霞越来越少，片刻间大地撒下一件薄薄的黑色纱衣，远处已经变得朦胧起来。徐庄距离我村还有十多里，我冷得上牙与下牙打起架，大姐下车把外套脱下，把我包起来，我奶声奶气地说，大姐等我不冷了给你。大姐和二姐每猛蹬几圈自行车，停下来问我冷不冷？我摇摇头说不冷。穿一件旧秋衣的大姐冷得直打颤。血脉亲情向黄昏的温暖中，又倾倒了七分温情。

后来我发现黄昏远不止具有最美、最温婉、最诗情的特质，它还误把狼打扮成羊，目睹狼去伤害小羔羊。那天，黄灿灿的玉米棒子，有一莆笏，这是尚不能干重活的我，每天必须完成的任务。黄昏已经叠起它的大幕布，星星闪着刀刃一样的寒光，树，房屋，成了黑乎乎的剪影。一个黑影闯入我的视线，他走路无声，进得屋来，眼睛横竖一扫，问，印哥不在？我点了点头。他迅速的从兜子里掏出两块糖，动作之快，像是早有预谋，糖纸在灯光下闪着诱人的光，来人眼睛似两口深不见底的老井，他低声说，想吃不？唯有过年和谁家娶媳妇才能吃到的糖，平常很少见到，我坚定地说，想吃。还把手伸了过去。那人狡黠地一笑，像垂钓者看到了鱼咬杆，迫切地说，那你得答应哥一件事。我说什么？他把长颈鹿一样的脖子向院子里一伸。那一刻，我似乎明白了一切，不等他回过神来，撒腿往大门口跑。

多么想扑倒母亲怀里说有坏人，可是到嘴边的话，我吞进肚子。第二天，一个叫婷的女孩，被想沾我便宜的坏小子的哥哥，用一支钢笔骗走了童贞。婷家在村子里属于极少姓氏，祖上倒插门落户到我村子，自然惹不起当地土著，况且那个坏男孩有6个舅舅，一跺脚村子里的房子得抖上三抖，婷她娘除去骂自己闺女傻外，一屁股坐在街头放声大哭。谁问缘由，这个女人便会使劲捂住脸，仿佛是她做了伤天害理的事，不能说啊，丢人啊，这几个字反复重复着他人的问话。那是视贞洁为命的年代，女子失贞，被视为败坏门风，丢进脸面，乃至父母手足因为女子失贞，不敢从人群中走过，怕被人唾弃。这个不成规矩的规矩，连很小的女孩都熟知，她们保护贞洁，比保护命还重要。我同学的姑姑失贞后，选择上吊，被同学发现，全家人不敢声张，把她嫁到了很远的一个村庄，终年不见她回来。

婷嫁的匆忙，本村的，男人丑，家中穷。开始男人以为捡到了便宜，人过40岁，娶了大姑娘。当风言风语传进他耳朵，他立刻变了嘴脸，稍不如意，对婷拳脚相加。婷她娘知道姑娘受了气，却像做错事一样，拢着大包小包的东西，跟女婿道歉。村里人暗骂坏小子是畜生，毁了婷。无疑，黄昏下的村庄，一份干净，一份肮脏，几个月后，婷产下一子，被丑男人大骂小杂种。

风，吹走了N年时光，一切不快都成为往昔烟云。城市里的黄昏，比起我儿时村庄里的黄昏要寂静的多，那是工作一天的累，是倦鸟归巢的匆忙，当然也有月上柳枝头，人约黄昏后的惬意。我习惯与家人围坐在院子里的木桌旁，吃饭，聊天，即便朋友造访，也不改我之习惯。一日，老家来人找我办事，我说起小时候一件事，是秋天的黄昏时分，独自一个人在村南玩，抬头见一只苍鹰在空中盘旋，突然它直冲地面，衔走一只没来得及跑的鸡，我一口气跑回家，此后，一个人再也不敢往村南走。

老乡带来一个消息，当年的坏小子，没有受到法律的追究和道义的谴责，为人夫又为人父后，仍不消停，拐跑了村里某家有几分姿色的小媳妇。他的舅早他几年，拐跑了我儿时的玩伴，成为村里人茶余饭后的笑柄。闻听此话，我瞬间失语。

一直念想着郭固

是不是我有一半的遗传基因来自郭固，我才会对它念念不忘？如果回答肯定的话，我的另一半基因，同样来自一个普通的小村庄，为什么提起它，远没有提及郭固那么令我激动呢？显然，找不到回答自己设置问题的答案。

郭固距离威县县城大约三十里地，同样在县城的东北方向，与我村排列在南北中轴线上。姥姥在我记忆中缺席，我固执地把郭固当作六舅的简写，而六舅的口音顽固地镶入我的口音，剜都剜不掉。郭固人发音土得掉渣，以至我在邯郸以外的省市，有人获知我老家是威县后，当场讥笑我发音不准，他们还拿出嘲笑我的佐证：骑着切子去赶 S+Y，买蓝个小句不乞西，一打一唧唧。实际上这句话用普通话说是：骑着车子去赶集，买了个小猪不吃食，一打一吱吱。

按说郭固让装束与城市人无二区别的我出丑，我是有理由与它划清界限的，因为六舅谢世多年。然而，记忆出卖了我的薄情，在某个午夜，也或某个刹那，郭固总是不经意间出现在我眼前。有一年春天，柔软无骨的柳条上，装饰着无数个淡绿色蝴蝶结，无数的蝴蝶结又装饰了整棵树，整条河岸。在夕阳奢侈地把光芒洒满大地时，大哥用镰刀砍了一把柳树条，想为我编一个小背篓。与我同龄的小伙伴，早在头一年的夏天，已经拥有了属于自己的小背篓，他们走路故意扭扭达达，令我羡慕得很。再看我，单肩背着刚离开地面的粪筐，走几步要换一换肩膀。民兵将大哥抓了去，扣上破获社会主义发展的罪名，押着大哥到邻村游街。此后，在外乡当驻村干部的大哥，感觉脸面丢尽，不分白昼躲进即将完婚的新房不出门，母亲指使我去把卤水藏起来，生怕被大哥拿到。

这是一场梦魇，以致我上小学后，被同学们跟在身后耻笑："快看，就是她哥，挨过斗。"那时，生活的艰难使母亲时常忽视我的存在，我拿回双百的成绩，驱赶不走停留在她脸上的愁云，也为家中换不来一块秋后盖房的砖块。自卑的种子，就这样悄然在内心种下，是去了郭固，六舅将它扼杀在萌芽中，才有了我如今对任何人态度上的不卑不亢，不论是高官，还是一介草民，在我眼中没有高低贵贱之分。

六舅温和地歪着头，看着我，问我考试得了多少分？我回答两个一百。六舅微微一笑，出了门，片刻工夫，屋里的圈椅、板凳、炕沿、坐满了人，六舅站在门口，笑得眼睛只剩两条缝，他说，韩妮考试得了两个一百分，你们说强不强啊？强！强！说着，这些我喊姥爷、老娘、舅舅的老人们，竟然像之前听我唱样板戏一样，噼噼啪啪地鼓起掌。他们一直微笑地看着我，眼神中充满温情。这种温情正是我生命历程中缺失的，父亲的猝然离世，连我们同家族的人都不看好我母亲的明天，在他们看来，母亲太年轻，改嫁，是早晚一天的事。我稍不慎，会遭遇同学侮辱——你个没爹的孩子！我像有很多的把柄抓在他们手中，低着头，溜着墙根往家走。家中没有顶梁柱，坍塌是注定的，谁在乎狂风暴雨对房屋的摧残？谁在乎一棵纤细卑微的小草命运？

西邻居舅舅瞅着我，一字一句地说："从小看大，三岁至老，小红这孩子将来有出息！"这种"将来有出息"的暗示，像给予花草的缓释肥，至今我还在受用，无论做什么，我都相信自己能做好。

　　六舅在西墙根下，种了很多烧饼花（蜀葵），从初夏一直开到深秋，白色、粉色、大红，你刚开罢它登场，惹得六舅冲着它们发呆。六舅对我说："这种花，种上不用搭理，皮实。"六舅还说，"小红，记住六舅的话，靠人不如靠己。"那时，我不懂六舅话中涵义，直到有一年剩下半条命的六舅，硬是不依赖任何人走完残生，我才豁然开悟。当初是大哥打来的电话，他说六舅给牲口填料时，被骡子踢断了肠子，正在医院抢救。我和二姐赶到医院时，六舅像蜡像馆的假人，他慢慢睁开眼，无哭亦无笑。六舅身上插着吸氧管、导尿管和胃管。我认为六舅活不了多久，做好最后一次见到他的准备，流过心疼的泪水后，回城投入工作。谁知不久家中传来喜讯，六舅重新站了起来，但走路失去了之前的轻盈疾步，背驼得像扣了一口行军锅，向后看时，上身要扭转九十度才成。有什么比活着还要紧呢？！我庆幸六舅的大难不死。

　　后来听大嫂说，活动受限的六舅起床第一件事是洗抹布擦桌椅，这习惯是他用一辈子来养成的。六舅擦得桌子光亮如镜，用母亲的话形容：能让苍蝇摔折腿。擦完桌子，六舅又拿起笤帚扫屋里，犄角旮旯，一尘不染。屋里收拾好后，开始扫院子、胡同和屋后。做完这些，六舅并没有坐下休息，担起担子去挑水。日复一日，远门表哥不止一次阻止六舅，他有些愠怒地说，六叔，咱这是干么？叫人家街坊邻居看见，不笑话我不懂事啊！六舅笑着回答，我掂量着呢！

　　其实六舅足有理由劳烦表哥的。表哥的父亲不是我亲舅舅，是六舅堂叔的儿子，这位堂舅在我表哥两三岁时去世，妗子带表哥改嫁，岂料好日子没过三天，新嫁男人遭横祸，男人的亲兄热弟说妗子克夫，表哥躲在妗子身后艰难度日。六舅知道后，接回妗子和表哥，他承诺但凡自己有口吃的,不会饿着他娘俩。六舅无疑是表哥的恩人。

如果六舅不乐意去打扰表哥,可以住在同村的小姨家,小姨是六舅和姥姥当年从战败的日本人大本营领来的,六舅视小姨为己出,乃至出嫁后,小姨全家人的生活全靠拿残疾人津贴五舅和拥有推拿技艺的六舅供给,五舅早六舅十多年去了另个世界,没有孩子拖累的六舅,没少帮小姨家干农活。六舅仁义,谁都不肯拖累……

靠人不如靠己,我得到了六舅的真传。从乡下踏进城市的门槛,便失去了供给我营养的脐带,要想生存,只能强大自己。先是自学,让资历与警察身份相匹配,而后坚持在文学的道路上执着前行,终于站在那些与文化沾边的人的行列。要知道我接受的文学训练前,是连"买"和"卖"不分的,的地得的正确用法,也是后来才掌握。

将近三十个春秋,不管是郭固,还是六舅,仿佛成了我梦中的绝缘体,我只好借助百度搜索"郭固"来疗伤,看见郭固二字的那一刻,六舅给予的尊严,即使身处严寒,也倍感温暖。

"多鹤"小姨

很小的时候，听母亲说小姨是要的，要日本人的。我不信，觉得母亲在编瞎话糊弄我。我不相信的理由是因为五舅。五舅的一条腿是被鬼子打残的，怎么能允许家里养个小日本呢？直至20世纪90年代初期，小姨专门从老家跑来找母亲，问起陈年旧事，我才信了这个事实。原来六舅领养小姨时，五舅不在现场。

母亲把讲给我听的故事，向小姨复述了一遍。当时有人给姥姥传信说五舅没被枪毙，被日本人押到沈阳去下煤窑，盼子心切的姥姥马上动身，和六舅沿路乞讨去了沈阳。可兵荒马乱的，五舅又在哪里？姥姥和六舅后悔去得太仓促，为当时只有二八年华的母亲担心不已。

其实这期间五舅早在煤窑下面联合其他地下党打死日本宪兵、乔装打扮突出重围。找不到五舅的姥姥没日没夜地冲着我老家的方向，一遍又一遍地喊"四妮儿，四妮儿"。四妮是母亲的乳名。为了寻找五舅，姥姥接受奶奶为儿子付出的几块钱的提亲聘礼，作为路途盘缠。若是姥姥知道母亲安然无恙，精神绝不会出问题。出于同情，有人给六舅出主意，说不如去"大房子"抱个孩子，兴许那样能占住姥姥心。"大房子"是小日本无条件投降后，那些在中国工作的日籍技术工人和家属的羁押场所。

六舅按照别人的指引来到"大房子"前。门口有个小女孩独自玩耍，她身上的衣服脏得已经辨不出本色。从"大房子"走出来个中年女人，同样穿着分辨不出本色的衣裤，见六舅望着女孩，操着生硬的中国话问六舅是否愿意把小女孩领走？六舅高兴得一个劲点头。那女人又说："你要当真想领走，明天这个时候再来。"

领养小姨的前后经过，是母亲从六舅口中得知的。母亲还说小姨有个姐姐会多国语言，当时在抱小姨走时，曾经用流利的中文问六舅老家是哪里的？六舅用手一指一片低矮破旧的茅草房说："就是那儿。"谁知小姨姐姐摇着头说："不是，我问的是你的原籍，原籍就是你的老家。"六舅只说是河北，没提具体是那个县。

小姨没听母亲说完，一把拽住我胳膊，气愤地说："小红，你跟姨评评理，哪有像你六舅这样的？河北那么大，让俺家人想找都找不到！"小姨的态度很明朗，她断定家人是找过她的。

电视剧《小姨多鹤》热播时，我越看多鹤越像小姨。她们都是日本人，只不过小姨比多鹤幸运。五舅、六舅在姥姥去世后，视小姨为孩子，所有好吃的全部留给小姨，乃至多年后，六舅把一套市场上令人眼热的红木雕花桌椅，全赠予了小姨。

为了能证明自己的家在日本，小姨在我面前吃力地回忆从日本动身的情景。小姨坐在（或站在）轮船上类似一个木制圆筒，岸上的人手拿小旗欢呼雀跃，船上的人更是兴奋。不知走了多长时间、登陆了哪个城市，小姨只记得在轰隆隆的炮声中跟她母亲到了医院，或是哥哥、也或是父亲在床上躺着，她跪在母亲后面，那人奄奄一息，小姨母亲掩面痛哭，后来好像这个男人就不见了，小姨隐隐约约记得他死了。

小姨继续抱怨泉下的六舅，口气肯定地说："要不当初手上长满了疥疮，家里绝对不舍得把俺送人。"而后，小姨描述六舅到"大房子"里领她时的情景："我被三哥和大姐紧紧抱着，哭着对俺娘说一家人死也要死到一起，俺娘流着泪，态度坚决地说，不行，你妹那么小，手上又长满疥疮，能活不能活的，还是给人家吧。"

小姨说到六舅天天背着她，去找国民党军医给她手背上药时，脸上闪过一道奇光异彩。可那光像流星滑过的夜空一样转眼又恢复了暗淡。愤怒，很快爬上小姨那张白皙的脸上，她对我说："不等俺手完全好，你姥姥和六舅就带俺搬了家。"

母亲怯怯地补充说："应该搬到老虎台青草沟一带，当初给这个地址写过信，咱娘和六哥带着你捡煤渣。"

坐在母亲和小姨之间的我，先是看到小姨在提起家人来中国目的时的羞愧，再看到母亲因六舅隐瞒原籍而生的惭愧，整个人不知该倾向母亲还是小姨。但一点我敢肯定，抛开小姨的真实身份，我很同情她的遭遇。

村里有人怀疑过小姨的身份，被六舅和姥姥搪塞过去。之后嫁给姨父，姨父的哥哥是在战场上被日本人活活烧死的，留在大门口的"烈属光荣"，成了掩护小姨身份的通行证。谁能怀疑烈属家里娶了个日本人？当然，这一切都是建立在六舅没向姨父说出实情的基础上。否则，又老又丑的姨父即使打光棍，也不会娶个仇人的后代回家。

小姨对姨父隐瞒身世，是她清楚即便有在很多战役中立下赫赫战功的五舅为她撑腰，在一场又一场的运动中，也难保她性命无忧，弄不好还连累五舅落个里通外国的罪名。

五舅离开人世没几年，小姨陆续看到报纸、电视上的寻人启事，自己也试探着对姨父打开了心结。老实厚道的姨父并不吃惊，他说坊间早就议论小姨是日本人，只是他本人不愿意相信这个事实。平日一天都说不了几句话的姨父，总对小姨重复着一句话："万一哪天来个运动，还不被拉出去挨斗？金莲，咱不提是日本人，行不？"小姨的名字叫金莲。

本来没胆的小姨，被吓得再度闭紧嘴巴。在不言不语中弹指一挥十多年，当有一天小姨意识到该是寻找自己亲人的时候了，六舅却踏上了通往死亡的单行道。小姨后悔得直想撞南墙。

好些年前我找熟人托朋友询问小姨这种情况如何办，到头来，也没找到一条能送小姨回日本寻亲的路。我发自内心愧疚，愧疚自己没能力圆小姨多年的寻家梦。

有次，跟母亲闲聊天，说起小姨。母亲说："小红，别愧疚，兴许你姨压根儿就没想回去。"我这才想起小姨临回邢台老家时，对我说的那番话："红，我想知道爹娘是不是还活着？要是不在了，清明节时，俺到十字路口给他们烧烧纸，也不枉他们把俺带到这个世上。"

真没想到小姨想找家的愿望，如此简单。

当初，小姨说找家时，我还以为她嫌老家日子苦，想找到家后一走了之呢！

野南乡

野，在我老家一代是疯和到处瞎跑乱窜的意思。而骂母亲是"野南乡"的"野"字，涵盖的是野蛮。

母亲何尝想野？六个孩子要吃要喝，她哪有心思和时间倒在树荫下侃大山？缸子里有米面下锅还好，如果没有，母亲收起强烈的自尊心，找他人借。遇到好说话的人家，能借来一篮子米、半布袋玉米；遇到不好说话的人家，遭拒绝也罢，还会听到一堆的难听话。母亲一咬咬牙，蹬上自行车去找舅舅要米面油。村里人见到，指着母亲的背影说，看这娘们，野哩！

那时休说女人骑自行车，就是自行车，在乡下都不多见。母亲的娘家距离我村三十多里地，在我村的正南方向，当年做地下党的五舅不幸被捕，后被日本人抓到东北，生死未卜。姥姥的房子被日本人烧毁，她连夜带六舅和母亲一路北逃，天亮到了我村，后来成了我母亲。也因此，母亲在我村女人中，属于娘家最远的。

之前母亲去舅舅家要么坐牛车，要么骑小毛驴，一走多半天，才能看见娘家人，把时间耗费在了路上，吃过饭，话没说上几句，母亲带着孩子们往回返。两个舅舅可怜他们身在异乡的妹妹家境困难，遇到棘手问题，又没可商量的人，便买了自行车送给她。有了自行车，母亲不怕距离集贸市场远，她把一年省吃俭用的钱，换来盖房的砖瓦檩条苇箔。还把细软卖掉为我们换来学费和纸张笔墨。

我理解是谁逼迫母亲，由一个骂人不带脏字的知书达理的女人，成为"野"女人的。我羡慕小伙伴的小背篓，缠磨大哥，要心灵手巧的他给我编一个。大哥为了满足我，夜半时分，用镰刀在村口砍了不多的柳条，尚未动工，被民兵抓去，去邻村游街。爱面子的大哥游街回来，险些喝卤水结束生命，被母亲破门而入。母亲想不通，为什么同样的事情，换到其他家庭就没事，换到我大哥就有了"破坏社会主义发展"的罪名？找不到天理的母亲，疯了似的通过宽阔的南北街，跌跌撞撞跑到了村北父亲坟上，放声大哭，她哭父亲为何早早离去，他哭父亲为何不给她留下一个依靠。叔叔，大伯先父亲去世，只有懦弱的大娘和母亲，两个人拉扯连堂姐堂哥在内的十三个孩子。可哭干了眼泪，母亲又回到苦日子中，继续在黑暗中踟躅前行。

那一年村里挖水库，号召每家必须出一个壮劳力，十几岁的三姐和将近五十岁的母亲去了。三姐把绳拴到小推车上，母女合作，把一车一车的土，从十几米深的坑中，推到平地上。一天下来记工分时，比别人少了一半。一天，两天，三天，母亲沉默，母亲忍受着脚后跟裂得跟婴儿嘴巴大小一样的口子，向外渗着血，三姐忍受着肩膀被绳索勒的火辣辣的疼。母亲把车子往工地上一放，开骂了："你们一个眼睛长到裤裆里去了？瞎眼了，我和小志比你们少装一趟土了？为什么跟老娘记那点工分？今天不跟老娘我说清楚，咱们没完。"母亲声音之洪亮，惊得喧嚣的小村庄瞬间安静下来，村民们交头接耳，有指责我们小队长的，但也有说："这个娘们不好惹，果然是野南乡，跟咱当地人不一样。"母亲听见后，杏眼圆睁，上前想拽那个多嘴之人的耳朵，问他，若是他有这样的不公平，是怎样的反应？被我韩姓辈分高的人劝下。经过母亲的据理力争，一个冬天下来，母亲和三姐通过卖苦力，换来了盖房子用的一排新砖。

表面上，那些人不敢欺负我家，可私下里总是有人捣鬼。比如为土肥打分，我家总是遭遇不公平待遇。母亲勤快，天不亮就背筐扛铁锹去捡粪，还扫树叶，挑水往粪坑中浇水，肥沤得黑，不像那些懒人家，粪坑的肥是地皮色，即便如此，队里成立的打分小组，给我家的分最低。母亲再一次从街南头，骂到街北，直到幕后操纵者心虚地通过别人来道歉，母亲才肯罢休。

着实说，如果我们的母亲不够野，我们兄妹早不知七零八散到哪里去了。我感恩母亲的"野"。

前几年回老家，听村里上年纪的人说，母亲年轻时很厉害，骑车子到大营驮菜，一天来回百十里，一趟驮二百斤，还冒着被打成投机倒把的风险，为八百口村民带来活下去的生机。于是我就想，当时村里人肯定不会骂母亲野南乡。

坏扇区

"这个人谁呀？对我那么好，白天晚上伺候我，给我喝药，怕我摔倒，床边放一痰盂。"母亲露出一脸迷惑不解，像课堂上求知欲强的小学生，等待老师给出正确答案。这已经不是第一次，一天对我重复 n 次。

两个月，母亲摔了三次。第一次坐马扎滑倒，人安然无恙，把二姐吓了一跳。第二次，母亲摔倒在床边，我去时，脸肿的像得了痄腮。大夫说是母亲颈椎出了问题，眩晕所致。第三次，便是这次——差三天就要过年，早晨五点多去厕所，摔倒在客厅，所幸骨头没事，只是腰部韧带拉伤。可毕竟是九十多岁的人了，疼得龇牙咧嘴，疼得整夜不眠，疼得一声声唤："韩冬红，快来啊！"这是二姐告诉我的，她说母亲喊得瘆人。

"要死在城里？这把老骨头烧了，那得多疼啊！不行，得回老家。"母亲自言自语，她担心这次是回不去老家了，索性躺在床上长吁短叹，水不喝，饭不吃。我知道母亲这样怄气的目的，就是让我们想方设法送她回老家，可她的身体怎能吃得消三百多里地的长途颠簸？老家那个弹丸之地，说是辖属威县，其实三面被南宫所辖的村庄包围，距离南宫二十里地，距离威县的却比南宫多两倍还多。小村，似是威县遗落在边陲的一颗棋子，虽然青银高速盘踞在村边，可挡不住这里的医疗条件落后。一旦母亲有一丝闪失，会令我们姊妹遗憾终生的。

每每母亲问我二姐是谁时，我一次次转过脸去，擦去流淌到脸颊的泪，不愿意让母亲看见我为她的老去而忧伤。我笑着回答母亲："娘，她（二姐）是你闺女啊，忘了？"母亲有点不信，眨眨眼又问："你叫她什么？"我说："二姐"。母亲似突然从梦中醒来，惊喜地看着我，说"她是小军？"母亲轻轻拍了爬满皱纹的前额，嗔怪自己："看我傻成这个样子了，连自己亲闺女都不认识了，真是的！"

母亲的表现，使我想起前些年用过的计算机储存硬盘，出现坏扇区那段的数据无法显示。一张硬盘中有时有一处损坏，有时多处损坏，想必母亲的记忆硬盘多处出现了问题。转而一想，母亲如果能将她人生中的爱与憎，得与失，统统忘记，又何尝不是一件幸事？

当年，饥饿驱使姥姥滋生携带母亲去衡水廊子桥一带寻找姥爷的念头，母女二人如愿找到了亲人，姥爷和他弟弟在大户人家当药房先生，吃穿不愁。姥爷接纳了姥姥和母亲。曾经在老姥姥家受过短暂私塾教育的母亲，再一次走近私塾。可姥姥心系她儿子——我忠厚老实的六舅，难以安心与姥爷过无忧日子，便借幼小的母亲之口，向姥爷要些钱，以便回家过日子。母亲一开口，姥爷便沉默的没有后话，一日，又一日的沉默，姥姥失去耐心，想带母亲离去时，母亲告诉了姥姥一个天大的秘密，这秘密或许是造成姥爷与姥姥彻底分手的导火索，也或许是姥爷想抛弃姥姥，没有借口的最好借口。

金黄色的麦浪，在风的驱赶下此起彼伏。母亲在前面跑，姥姥在后面追，母亲笑着喊道："娘，有钱了，咱回家找六哥去了。"姥姥比任何时候都开心，她想着拿到这两块银元，回去能给儿子娶上一门亲，至于老五不用管，他在部队，不愁找不到媳妇。母女俩说话间，见后面有人骑马向她们追来，来人不是别人，是姥爷和姥爷的弟弟。二人下马后，对姥姥和母亲一顿呵斥："好呀，好吃好喝招待你们，谁知你们竟然偷东西。"姥姥含着眼泪，却依然挡不住她那双杏仁大眼向外喷着火："偷你什么东西了？""别装了，快把银元交出来，不然别想从这里迈出半步。"姥爷和他弟弟把鞭子在空中狠甩几下，清脆的响声像枪炮一样在耳旁炸开，它炸断了与母亲的血缘关系。

母亲一辈子对"偷"字厌恶，根源应该来自这里。选择拿两块银元，是姥姥的无奈之举，如果狠狠心抛下亲生儿子，那么与丈夫的厮守是可以的，但是厮守多久？想来是没谱的事。姥姥告诉母亲要回老家时，表情是沮丧的，近十岁的母亲清楚姥姥的沮丧源于姥爷不给钱。人小鬼大的母亲在这之前已经留意夜半时，有黑影伸手向房顶墙缝中藏着什么，而后猫腰躺下，母亲急忙闭上眼睛。开始她认为是外人，待身后鼾声四起时，猜出一二。有一天，母亲站在姥姥肩头，哆哆嗦嗦站起，并哆哆嗦嗦从房顶的洞里掏出一袋子银元时，母女二人愣了，她们想，这么多，想必拿两块，不会知道的。可就是有人在亲情与银元面前，在乎后者。于是，姥姥、母亲，有了姥爷拦截她们去路的那一幕。

姥姥双眼再一次向外喷着火，唤着母亲的乳名："四妮，还给他，娘就是带你要饭，再也不认他这个爹！"真是秦香莲遭遇了陈世美，姥姥与眼前这个男人生有一女三男，其中一男孩少年夭折。姥姥还为眼前这个男人的父母养老送终。"秦香莲"说出这样的话，是怎样的一种心寒？她面临的又是怎样的一种抉择？

当后来有传言说姥爷客死他乡时，姥姥放狠话："死就死了，不管他！"可是，说完，她就疯疯癫癫的了。两个舅舅哭着跑到衡水，找到姥爷生前雇主，雇主矢口否认认识姥爷。偷偷向下人打听，下人说（尸首）葬到河边了。走过茫茫河水，踏过长长堤岸，却不见姥爷那具白骨。

一个人到底是活？是死？自此没有音信。多年后，一块刻着姥爷名字的青砖，替代姥爷与姥姥在另个世界团聚了。前几年，我踏上那块土地，心隐隐的疼。

……

母亲又指着二姐问我："这个人谁呀？对我那么好，白天晚上伺候我，给我喝药，怕我摔倒，床边放一痰盂"。说完母亲流露出一脸迷惑不解，看着我，等待我给出她答案。

我与母亲之间的"战争"

老家那个小村子，犹如县城丢在边陲的一颗孤零零的棋子，周围被其他县辖村所包围，尽管高速从村边驶过，但并未改变那里的落后局面。让母亲回那儿生活，一旦有个闪失，恐怕连医院也走不到。多年来，母亲但凡有丁点的不快，一准拿"回老家"要挟我。这一回，母亲想不到，我不但答应送她回去，还二话不说叫来了车。

这次战争缘于母亲偷偷擦地。母亲跪着擦地，被我爱人回家取东西时撞见，爱人生气地说："娘，不是对您说了，不能擦地，万一摔倒了，家里没人，咋办？"母亲一听，把抹布狠狠一甩，坐在沙发上，然后速度极快地用枣树皮样的老手捂住脸，孩子般哭起来，哭着要回老家。

我值班回家急忙宽慰母亲，不料她话锋一转，非说我的房子是她出钱买下的。房子住了十几年，还第一次听母亲这么说，感觉可笑的同时，我有些愠怒，但担心母亲不高兴，便轻描淡写地说了句："房子是单位分的！"我的担心还是成为现实，母亲气得胸口一起一伏，先是冲我摆摆手，然后速度极快地用枣树皮样的老手捂住脸，孩子般哭起来，边哭边说：“谁也别想赶我走，我死也死在这里。”

战争就这样被我一句话，再度升级。

我最怕母亲的眼泪。二哥小时候没少惹母亲生气，每次看见母亲哭得死去活来，我一边为她擦眼泪，一边宽慰她："别哭了，娘，小红一辈子不惹您生气。"母亲一听马上会擦去眼泪。

多年后的今天，不是我忘却发过的誓言，而是感觉自己没错。可是，母亲像孩子一样哭起来没完没了，哭够了还吵着"回老家，一会儿也不能待"。我知道，如果此刻向母亲道歉，说我错了，母亲会破涕为笑。我偏偏没有，反而说："好，我马上叫您孙子开车来。"

母亲一听，骂我"没良心"，还说"早知道你如此不孝，当年我就改嫁了"。

着实说这句话，犹如一把悬挂在墙壁上的钢刀，尽管不用它杀人，可看见它总是令我毛骨悚然。我多害怕母亲改嫁啊！三岁就失去父亲温暖臂膀的我，不能再失去母亲的呵护。无数次，三姐当着大姐、二姐的面审问我："咱娘要是改嫁了，你跟谁？"我望着大姐，眼神出卖了我的选择，三姐说："我和小印是跟二姐的。"就这样，我在惶恐中，度过多愁的童年，母亲改嫁的消息迟迟没来。童年的伤痛，我用四十多个春秋，日夜缝补，刚说伤口抚平，母亲这一句，无疑是从墙上摘下锈迹斑斑的钢刀，挑开我结痂的伤口，痛心可想而知。

最可怕的是母亲临走，还丢下一句狠话："韩冬红，我再也不登你家门。"

我不得不将母亲的这些改变归结于衰老的缘故。

天气渐凉，我和二姐回老家接母亲。一见面大嫂劝我："不要跟母亲一般见识，她糊涂了。"我惨然一笑，说："没事，我是她身上掉下来的肉，别说要房子，要命也给。"大嫂说："你看咱娘，是真糊涂了，那天一脸严肃地把我叫跟前，说给韩冬红争了半天房子，也没争下来。最后，咱娘还给我说了声对不起。"

我一听心里咯噔一下,眼泪冲出眼眶。想起一个公益广告:表情痴呆的父亲,在大庭广众之下,把盘子里的好吃的往衣兜里装,还说儿子爱吃。母亲简直是那个父亲的翻版。三姐去世十余年,剩下我们兄妹五人,属大哥大嫂日子艰难。母亲无非是想"坑"我,帮大哥一把。那一刻,我对母亲的怨恨顿时释然。

被唾沫淹死的女人

在我的记忆深处，一直有个女人的身影挥之不去。她清秀端庄，说话柔声细语，从来没给谁红过脸，更别说给谁吵过架了。这样的女人在乡下实属罕见。

在女人家里，和她同样好脾气的还有一个人，那人就是女人的男人。他在县城一家国营企业当厂长，每到星期天一准回家，帮女人担水做饭、下地干活、辅导孩子功课。这在当时，别说当厂长，就是在小县城当个普通工人，回家也是把头扬得高高的，哪里还能让自己的贵体受那份罪！因此，女人就让许许多多像母亲一样和土坷垃打交道的乡下人羡慕不已。

令人羡慕的还不止这些。女人生有三女二男，大儿子因患小儿麻痹症成了瘸子，但并没影响他日后到县医院工作，也没影响他娶妻生子。而女人的大女儿命更好，高中一毕业，就被她男人托人安排到了县政府上班。一家七口，有三人吃皇粮，这在乡下人看来，不是烧了高香就是祖上积了德。不信你看那些相貌也不差，既不缺胳膊又不缺腿小伙子、大姑娘，为什么都爬不出这沙土窝哩？

　　虽然村里的大多数都羡慕女人一家子，但也有少数人眼红，嫉妒。那是秋高气爽的一个下午，我跟母亲去生产队拾棉花。也许是风撩拨了那些荷尔蒙丰沛的少妇们的心，也许是美丽的景色让她们想起男女之间的那点事，总之，长舌妇议论起了女人。她们的头时而靠近，时而离开，突然间有人先"呸"了一口，又大骂了一声：真是不要脸的狐狸精！

　　也可能是女人想向那些长舌妇证明什么，一段时间，无论在晨曦中，还是在黄昏下，在地里给猪羊拔草的我总看见女人紧紧拉着男人的手，仿佛稍一松手，男人会像地上的蒲公英，遇风飞走似的。可这一切再次成为街头巷尾议论的热点。

　　当家家户户忙碌着掰玉米时，女人她男人因心脏病突发，猝然离世。女人哭得死去活来，她不但没哭活男人，反而把自己哭成了半瞎子。据说她男人是半年前被检查出心肌严重缺血的，从小和男人一起长大的女人，抛开农活，一心照顾男人，静养半年后的男人刚回到厂里，就在主持会议中昏倒，送医院途中停止了呼吸。直到此时，那些长舌妇们才明白，她们冤枉了女人。

　　可那些长舌妇并没从此改了好说别人闲话的毛病，反而还唏嘘着要看女人以后如何生活的笑话。很多人忙着给大风肆掠后歪七扭八的谷子培土，几个长舌妇又聚在一起说起女人，其中一个说昨晚见有个熟悉的男人身影进了女人家，另一个说一定是女人耐不住了寂寞找男人了，说着几个人毫不顾忌的大笑起来。实在看不过眼的母亲，把手里铁锨向长舌妇投掷过去，差点铲到一个人脚上，随后母亲的话也像飞镖一样，向着她们飞去："你们也不觉得亏心啊，看把人家女的说得一文不值的，人家也不进个男人，就真进个男人又怎么了？挨你们什么事？你们还是人不？"几个女人一听就红着脸，掂起自己的铁锨各自干活去了。

　　自女人她男人死后，她整个像换了一个人，女人时而悲伤，时而兴奋，时而去男人坟上静坐，悲伤时能一晚上不停地哭，兴奋时能一整天不停地在院子里手舞足蹈，成了一个典型的神经病。为了让两个没结婚孩子有个象样的家，家族中的长者就找来一名能驱魔降妖的"大师"，为女人驱邪。"大师"煞有其事地来到女人家，里里外外查开一遍，说女人今天这样子完全是因为邪气缠身，得抓紧驱走，否则女人有性命危险。女人的小儿子一听，厉声大哭起来，并跪下来求"大师"救救他妈。

"大师"驾到，引来村里无数看客，他们将女人门口围的水泄不通。

"大师"掐算一番，对家族长者说等到三天后才能把鬼驱走。三天后一个夜冷星稀的晚上，"大师"重新来到女人的房屋前。橘黄色的灯光下，女人的皮肤如瓷一般洁白细腻……

一场本不该发生的悲剧在愚昧的土地上发生了，可好事儿的人们并没有因此而震撼，反而像看了一场老电影一样，乐此不疲逢人便讲。尴尬被插上翅膀，向四面八方飞去，成为方圆百里几乎家喻户晓的故事，从此被人们当作茶余饭后笑谈的话柄。

说也怪，女人的病一下子好了，她说像做了一场梦，可女人家再也回不到从前宁静的生活了。可怜女人的大儿子和大女儿都不敢在白天从县城回村里，他们怕遭遇那些人的指指点点。

眼看女人身边的一对儿女也到了谈婚论嫁的年龄了，可没谁愿意给当红娘。无奈，小儿子隐姓埋名去了东北，小女儿到了南方。一家人就这样散了。女人家除每年春天还有很多蜜蜂围着那棵枣树采密外，那绕梁多年的燕子呢？也许它们不愿看到女人过着那冷冷清清的日子，躲到别处流泪去了。

时光的流逝，也许老家那些人早忘了当年发生在女人身上的一切，但女人的儿女们恐怕一生都不会忘记，是那些长舌妇，给他们带来了难以愈合的精神创伤。

第四辑　失乐园

失乐园

　　白天，它们蛰伏于破砖烂瓦野草丛中，唯有夜深人静时，才敢冲着漫无边际的黑夜狂吠几声。急促的狂吠中分明带着满腔的愤怒和哀怨。

　　不知村庄存在了多少年，总之，在高音喇叭夹杂着挖土机的轰鸣中，成为了一片废墟，狗不曾离去，它们恪守着做狗的职责。它们等着，等着主人搬完家来接它们。主人许过诺，怎么会食言？一天、两天，它们熟悉主人说话、走路，乃至自行车、摩托车、汽车的声音，可是主人没来。它们怀疑自己饿得听力出了问题，于是再有自行车、摩托车、汽车远远驶来的时候，它们站起来，伸长脖子，竖起双耳，车从它们身边驶过，并没停下的意思。希望一次次落空，失望、沮丧，它们是丧家之犬。

　　我不知道从这个村庄的一条胡同走过多少遍，也记不得与多少只蹲在家门口的狗对视过。只记得有一天一只不大的小黑狗，摇着散尾葵一样的尾巴，从胡同北跟到我胡同南，与其说跟，不如说送，与其说送，又不如说它想跟我回家。我没有先知，不知道这只拥有玻璃球一样水汪汪大眼睛的小黑狗不久即将失去家园。当初，我担心狗的主人因找不到它而着急，站在胡同口，向回驱赶它。小狗坐在地上，向后抿着耳朵，像石雕一样一动不动，待我即将走到单位后门时，一回头看见它依然看着我。两年来，每当我在单位值班，听见狗们此起彼伏的狂吠，会想起与我有一面之缘的小黑狗。甚至好几次误认为与我擦肩而过的黑狗是当年的它。

村庄已看不见原来的痕迹，铲车没日没夜地工作。它们惧怕那些走着走着突然停下来的脚步，那是想捕捉它们、成为餐桌上美味佳肴的信号。它们不敢在白天出没，便蛰伏在长了多年的荒草棵子下。它们感恩有这么一块闲置之地：芦苇、剑麻、野枣树、野榆树、野柳树，还有一些叫不上来的植物，统统在此跑马圈地，宛如给堆积、散落的废砖、烂瓦、顽石、水泥块子，穿上一件迷彩服。即便在万物肃杀的冬天，它们躲在这里也不容易被发现。

一天，它们发现原来可以不出村，就能找到残羹剩饭，但是必须在夜深人静后，不然会惹来猪的主人拿砖头投掷它们。之前，它们不屑跟猪争食，有主人宠着，主人高兴时会把菜里的肥肉丢给它们。最不济，吃得也比臭烘烘的猪好！那时它们时常饱暖思淫欲，听说谁家女狗发情，结伙去追。它们排起队，把尾巴举得高高的，像一面面不倒的旗帜，它们为博得与心动女神的交配权，不惜与哥们弟兄决一雌雄。

如今此一时彼一时，它们沦落为吃猪剩饭的丧家狗，甚至为谁能在第一时间喂饱肚子，发生殴斗。它们不想如此，都是天涯沦落狗，何必难为自己人？可是倘若不争，没谁会把饭菜端到你跟前？它们似乎悟到"哪里有压迫，那里就有反抗"，于是老弱病残豁出性命去抢食，不料遭遇大狗们的集体围攻，最后被迫逃离村庄旧址。它们在黑夜中啼哭、哀嚎，希望主人能够听见。过去它们被主人宠着，有时被街坊邻居打骂，主人气得眼冒花火找上门质问他（她）：打狗骂鸡，看东家，我咋得罪你了，你打骂我家的狗？

当它们意识到啼哭、哀嚎不解决实际问题时，开始像祥林嫂一样唠唠叨叨。说什么想当年若不是有它们整晚竖着耳朵不睡，院内的电动自行车、摩托车，还不早被小偷扛走了？白天又如何？上班的上班，上学的上学，号称家中有老人看门，可老人耳聋眼花，人站在跟前还把自己吓一跳，不照样是它们在听见有陌生人靠近大门口时，发出警告？它们不信人心是肉长的，在它们看来，拥有高级动物之城的人，有的还不如它们。

按照当初的拆迁赔偿比例，它们的主人们哪一家不是一夜间成为几百万的富翁？他们买车、买房，从此改写了祖上几代是农民的基因。既然一切已改写，养也得养价格昂贵一点的名狗不是？这些没有名气的土狗，自然被弃之。也有人把钱放到开发商那里吃高利息，一家人租在小房子中作为过渡。既然选择后者，养了它们一年也好，多年也罢，自然而然被主人充足理由拒之门外。

它们到附近街道边的垃圾箱去找吃的。从未走出村庄的它们傻了眼，街道那么宽，车辆穿梭不息，该从何地入手？有狗自告奋勇充当第一个吃螃蟹的狗，后面的成员却目睹它被冰冷的汽车碾过，血染红了油漆马路，它们发出低吟，眼巴巴看着从身边驶过的人，希望他们帮着把同伴的尸体埋葬，可他们大多数视而不见。它们清楚，若有主人在时，谁也不敢撞它们，那时它们的命是值钱的。若是有人撞了它们，主人肯定拦住让他赔偿，主人会说："鸡狗鸡狗，家中一口，你轧死我的狗，赔钱也不行！"还有时，它们被流浪了多年的恶狗咬得遍体鳞伤，同样希望有人站出来，替它们叱呵一番大狗。

人们从它们身边路过，滑过一条弧形，带小孩的大人们更是躲它们躲得远远的，他们担心它们是疯狗。有的人经过它们身边，急忙捂住鼻子。它们知道人们嫌臭，它们也不信水洼中蓬头垢面的家伙是自己。它们何尝不想像之前那样，用主人的飘柔、海飞丝、潘婷洗个澡，然后浑身散发着芳香？那时它们的毛发似绸缎、白的、黑的、黄的，黑白花的，跟在主人身后很是神气。偶然遇到与主人投脾气的朋友，还会顺便沾点被夸"漂亮"的光。每当此刻，它们会高兴地摇头摆尾，主人也乐得合不拢嘴。

当它们看到主人喂食藏獒、罗特维尔、牧羊等那些器宇轩昂名贵犬美事时，羡慕的直流口水。它们不会摆出小型犬的楚楚动人的姿态，更不会露出藏獒的凶悍，它们是一群跟村庄一样土里土气的狗。村庄是它们的根，没有了村庄，意味着自此失去了乐园。

虫儿飞

那些昆虫飞着飞着就不见，那些小动物玩着玩着没了踪影，难道与环境无关？

小时候庄稼地里小动物特别多，有令人讨厌的黄鼠狼、人见人爱的花蝴蝶，逍遥自在的蜻蜓和站在树枝上唱个不停的蝉；庄稼地里的小动物更多，长相酷似壁虎一样、却不会直线爬行的马车子，扭动着纤细腰肢的绿花蛇，和月子狗一样胖嘟嘟的搬仓鼠。

昆虫多得更是到处可见，棉花棵子上有棉铃虫，红薯秧子和黄豆棵下有胖乎乎的绿豆虫，节节高的芝麻棵上爬着毛毛虫，柳树、杨树和小麦地里落满了绿豆大小的老瓜虫，穿着荧光黑的大嗡嗡，一天到晚扛着砍刀所向披靡的螳螂，有着昆虫中跳远冠军美誉的蚂蚱和唱起歌来不知疲倦的蛐蛐，还有喜一袭黑衣装扮的水牛、散发出难闻气味的臭大姐、提着灯笼玩耍的萤火虫等。险些忘记了，那时村庄上空还盘旋着鹰。

多年后，爱人在厨房忙不过来，唤我帮他摘菜。我小心翼翼，生怕与虫子不期而遇。爱人说有虫子的菜说明没打药，没打药的菜轮不到你吃，打药的没虫子。我想起小时候的菜，到处是被虫子吃剩下的窟窿眼睛。那时用得农药是乐果和六六粉，很多年不曾更新换代。是不是人吃了没农药的蔬菜、瓜果肚子里生了虫子？那时，几乎所有孩子肚子里有虫，要吃塔糖。塔糖的模样和味道至今还记忆犹新，颜色有奶油黄、浅水粉、浅蓝色、浅色等，糖的形状为下粗上尖，活脱脱一小塔，塔上刻着流水纹。月初，生产队会替代卫生所给孩子们发塔糖。物质匮乏的年代，不是过年和有人结婚，很少能吃到一块糖，孩子难以拒绝塔糖的诱惑，争先恐后去领取。诊断孩子肚里有虫没虫的依据，一是孩子饥黄面瘦，二是脸上有癣，三是孩子总吵肚子疼。塔糖其实就是驱虫药，它的成分我不清楚，但医生告诉大人，吃药期间，不能让孩子吃带油的饭菜。依稀记得当医生的大姐说，肚子里的虫子，到了中旬，没上旬贪吃，一般吃药，虫子死得不彻底。是什么原因？那时年轻小，没能力搞懂这其中的奥妙。我吃驱虫药有几年，排泄出来的虫子一团一团的，每次都有姐姐或母亲蹲在一边观察，她们负责看排泄物中有没有虫子，来确定是否还继续吃塔糖。

一日，我看见一个黑影在墙头上犹豫，不远处是垃圾箱，开始还以为野猫，借着远处路灯一看，它比猫瘦，特别是尾巴，不像猫的尾巴那样柔软、随性。那尾巴粗长，像拖了把扫帚。哦，黄鼠狼！我急忙对身边的女儿说，这就是故事里给鸡拜年的家伙。女儿很吃惊，说它咋跑到城里来了？我不知该如何回答。

前年我看见大嫂用铁丝笼子养母鸡，我说不垒鸡窝晚上没黄鼠狼？大嫂说谁知道啊，好些年，家家户户都这样。

鞭子

空气黏潮闷热，没一点风高气爽的凉意。我把头探出窗外，试图与一丝风邂逅，见抽陀螺的队伍就像雨后野草般疯长。赤着赭石色的后背，着半截短裤的老头，天刚暖和时，只有一人在此抽陀螺。他好像除去回家吃饭、晚上睡觉外，天天长在广场。我见他多次扬起鞭子，先发出嗡嗡的响声，鞭梢接触陀螺，一声清脆的"啪"声，他露出得意的笑。

不管距离抽鞭子的人多远，听到"啪"声，我会身不由己耸起双肩，似乎那声音要落到我身上，只有耸起双肩，才能减轻落在身上的鞭子的痛感。尤其是每天清晨不到五点，我被皮鞭从梦中抽醒，像回到儿时的噩梦中。

小学第一天，有个叫老蛋的男生，他把腰上的皮带当鞭子，警告班里的同学，谁不听话，小心他手中的家伙。说完，他抬起胳膊，恰好我从他身后路过，"鞭子"抽打在我眼皮上，火辣辣的疼。老蛋恐吓我不许对老师和家长说，班主任贾老师就站在我们身后，她夺走老蛋手中的腰带，递给我，说使劲抽他。我握住腰带，感觉像握着一条毒蛇，哭着丢下它，往家里跑。母亲问我眼皮是在怎么回事？我说蚊子咬的，于是母亲成晚上不睡，为我扇扇子。

从此，看见鞭子浑身不自在。在我看来，鞭子就是暴力的化身。我那不听话的二哥，时常惹得母亲抄起门后的擀面杖，二哥知道母亲不真动手，嘻嘻地笑，反而是我吓得我浑身哆嗦，母亲丢下擀面杖，继续拾起扇子，为我驱赶蚊蝇，驱赶炎热。人畏惧暴力，动物也是，那些驴、牛、骡子、马，还有羊群，哪个不是看着主人鞭子行事的？连耍猴的人，为预防猴子翻脸不认人，也紧握一条皮鞭。

那一年，我偏偏见到一匹性子倔强的烈马，它宁肯死，也不肯对队长屈服。整整一个春天，枣红马在耕地拉铧，没有任何喘息的时候，它对着长空一声一声的嘶叫，换来一顿又一顿的皮鞭。开始几天，枣红马带着情绪去耕地，到最后它累得实在不肯抬腿，皮鞭密集地落在它原本绸缎般的皮毛上，最后竟抽打出一条又一条红红的痕迹。枣红马急了，它撕咬队长，被激怒的队长索性用鞭子抽打它的头，直到他抽不动鞭子。可怜的枣红马像一垛站立的土墙，咕咚一声撂倒在地，它的眼睛里燃烧着火，它的呼吸一阵比一阵急促，它张开嘴，想嘶叫，却没有声音。它那么不甘，几次想站起来，四肢颤巍巍的，支撑不起疲惫的身体，不得不一次又一次地把自己撂倒在地。

在生产队，队长就是老大，他的话就是圣旨。枣红马公然与队长挑衅，下场就是挨了打，还忍受活着被千刀万剐的屈辱。马肉分给队员，很多人心疼枣红马，难以下咽。

独享独处的味道

真的很喜欢能一个人独处。

喜欢独处，或多或少与我自幼的生长环境有关。小我两岁的红在玩投沙包时，故意向我的脸上投，多次我侥幸躲过，可有一次我还是中了她的圈套。当我捂住眼睛垂头丧气地回家时，不料迎来怒气冲冲的母亲，后面跟着女孩捂嘴窃笑。母亲责问我为什么欺负那女孩？我一头雾水，很快明白什么叫恶人先告状。

有了这次教训，我便学会了远离无事生非之人，大有成人惹不起但躲得起的风范。距离我家往东五十米处有两棵老枣树，听母亲说那是父亲栽下的，于是我没事时跑到树下玩。当枣花的芳香诱惑我亲近它时，苍劲的枝干成了我浑然天成的圈椅，它撑着我敏捷的身躯，好让我悠然自得地闭上眼睛，聆听蜜蜂们那美妙动听的欢乐颂，享受着四月里的明媚。

不知是谁看上了碗口粗的老枣树，在一个秋风扫落叶的早晨，它被人偷走了，留在现场的是新鲜的锯末和一地杂乱的脚印。我知道后，一整天都没说话。可在树下独自玩耍的习惯依旧没改。

通往孤寂的轨道一直铺至很远，我行走其中，由开始的凄苦和孤独，慢慢地嗅出一种宁静的味道。大哥将一只无名的小鸟当作礼物送我。看到笼中声声凄厉哀怨的小鸟儿，我动了恻隐之心，轻轻打开那扇禁锢小鸟自由的小门，小鸟扑棱一下冲出鸟笼，头也不回地飞出了我的视线，我回报大哥无奈又俏皮的一笑，还振振有词地说："我才不稀罕什么小鸟呢，自己在地上画个小姑娘给我唱歌、陪我说话，比笼中小鸟有意思多了。"

我用小木棍作画笔，黄土地作纸张，画出一个又一个貌如天仙的女孩儿。她们个个向我伸出手，邀我共舞。我笑着把小手背在后面，神气地从这头走到那头，点名铁梅唱一首"我家的表叔数不清"，再请吴琼花来一段优美的舞蹈。我洋洋自得。

若不是那年中秋的一次经历，或许后来我也不会坚定独享独处的滋味。母亲请了做粉条的师傅，我很想知道红薯粉碎后为什么能制成粉条？于是问师傅。母亲怕师傅烦，说没有孩子像你这样赖在家里缠着大人，街上那么多小孩，去找他们玩吧。

巧的是街上传来了货郎的叫卖声，我撒腿往街上跑，一块拳头大的砖头，不偏不倚落到了我头顶，顿时血流如注。哭声惊来母亲，母亲自责道，要知道这孩子今天有这么大灾等着，说什么也不会让她出去。天降祸事，使我更加坚定了一个人玩的信心。

母亲栽到旧屋门前的一棵绒花树，使年少的我又享受到坐在朝霞里看花开，站在夕阳下陶醉金杏芳香的恬静。袅袅炊烟绕过桑椹和老枣树、婆枣树向着屋顶散开，小米的芬芳在院落里弥漫，我嗅着这种纯正的农户味道，一不留神，就长成了大女孩。

当别人沉醉在霓虹灯下轻歌曼舞之时，我躲在斗室中选择了墨香，在知识的海洋寻到黄金屋和颜如玉。一盏青灯，一杯清茶，诸葛亮从《诫子书》中走了出来，向我诠释"非淡泊无以明志，非宁静无以致远"，让愚钝的我茅塞顿开。我学会了不论身处何地，内心总能保持一份宁静。时常我独自漫步林荫下，侧耳聆听翠鸟鸣啭啁啾；时常在夜里被风雨吹打窗棂的声音所惊醒，那声音立刻将我引到"大珠小珠落玉盘"的音乐会现场；时常我拿起渔具去河边垂钓，一心品山水之乐，忘我独醉其中。

独处，让我学会了沉思，学会了做人做事的低调和内敛；独处，使我祛除了内心的浮躁，使我嗅到了独处特有的宁静味道。

人说习惯开始时如蜘蛛丝般细，而后逐渐成为电缆线般粗。年幼时养成的习惯，成人后若要更改，已经感觉很难。我这独享独处的习惯，今生恐怕是难以更改了。

月夜听箫

没见过箫，只知道它的模样与笛子相似，但发出的声音却一个天上、一个地下，笛声欢快张扬，箫声低沉内敛。我原以为，如果在月下邂逅箫声，会毫不客气地寻找声源，我喜欢这种低沉和内敛。然而，2007年初冬的一个夜晚，多年的臆想当真上演为现实，发现自己竟是叶公好龙。

距女儿下课时间还早，我便朝着文化宫广场走去，没想到曾经喧嚣的广场稀疏的人影，还没那天的星星多。月亮从高楼后边窥视着广场，那一刻我心中竟由一种说不出的快乐，一阵箫声从地而起，呜呜咽咽，凄凄切切，似女子哭诉、伊人低泣，月亮慌不择路跳上梧桐枝头，它已分辨出这忧伤的旋律是《红楼梦》中的插曲《枉凝眉》，"两弯似蹙非蹙胃烟眉，一双似喜非喜含情目"。是我思君衣渐宽？还是月光本来清瘦，总之我的影子投在地上，像是踩了高跷的小丑，小丑想起宝黛之恋，是谁送她来到我身边，是木石之盟，我不能忘记你的前世，我是赤瑕宫神瑛侍者，而你是我常以甘露浇灌一株绛珠仙草，隔世了，忘了我吧，前世的恩情，你来了，你的泪水是还我前世的甘露？

忘记是过去魂，还是今世人。我双眉紧蹙，泪不知不觉中沿腮滚落，内心世界翻江倒海。谁又保证在所谓对的时间，遇见对的人？杜十娘没遇见，所以怒沉了百宝箱。祝英台和梁山伯是遇到了，可不是父母之命、媒妁之言，硬是被父母棒打了鸳鸯？集三千宠爱于一身的杨贵妃，到头来不还是被万人之上的唐玄宗赐予了三尺白绫？认识一对结婚十年依旧相敬如宾的夫妻，原因是男人还是男孩时，使出了吃奶的劲，追上了女孩。等男人从一个小科员，逐渐成长为一个"人物"时，他像陈世美那样只看新人笑，不闻旧人哭。爱情，怎么如此经不起考量！

此后，箫声成了我的魔咒，但凡听见一声，悲，马上袭上心头，泪，宛如小河决堤，我只好掩起耳朵，用很长时间来平心静气。

一天，重温了禅宗那个风动幡动的公案。话说禅宗六祖慧能法师，有天晚上偶然听见两位僧人正为到底是风动还是幡动争论不休，于是他朗声插了句话"不是风动，也不是幡动，而是你们的心在动。"不用说，我是心动了，而非箫声悲切，若心不动，又何惧那凄凄切切的箫声？又是一个明月高悬日，大地披上清辉正襟危坐，一切就绪，我按下播放键。箫声顿时填满斗室：别说一个是阆苑仙葩，一个是美玉无瑕，若说没奇缘，今生偏又遇着他，若说有奇缘，如何心事终虚化碍……一个枉自嗟呀，一个空劳牵挂，一个是水中月，一个是镜中花，想眼中能有多少泪珠儿，怎经得秋流到冬尽，春流到夏。

过去喜欢箫，大概缘于自己有英雄情结，像儿时不爱跳皮筋、踢毽子，偏爱爬树上房、舞枪弄棒。如今喜欢箫，则是因为它低沉中透着一种从容之美，弘一法师弥留之际写下悲欣交集，那是别如秋叶之精美，是英雄走上断头台，为了信念不动摇的磐石之美。生命的成长，让我认识了世间八苦，即生苦、老苦、病苦、死苦、爱别离苦、怨憎会苦、求不得苦、五取蕴苦，心灵已经变得晴朗无边。聚散皆是缘，人生苦短，何必为难对方？你若给不了一个人幸福，索性给他自由。爱一个人，看着他幸福，难道不是最大的心灵宽慰？珍惜当下，生命无常，善待来到我们身边的每一位朋友。

不叹花无百日红，反说有花开便有花落；不哀韶华短暂，反言从年轻至貌老是自然规律。不着得失之相，得、失皆有定数，塞翁失马，远不止是祸。懂了，便知道了惜缘、惜时、放下、清净、自在。

做一枚圆月挂天空

凭借多年前的感觉,我取来四枚鸡蛋,分别在瓷砖上轻轻磕开,两手顺着裂缝向相反方向掰,蛋清裹着蛋黄,迫不及待流进容器中,有少半碗。又凭借多年前感觉,向碗中投放适当盐,用筷子朝一个方向搅拌,蛋清与蛋黄原本一清二白,渐渐融为一体。

往冒泡的热油锅舀了一饭勺搅好的蛋汁,只听"刺啦"一声,转瞬黄灿灿的蛋汁成为剔透的固体。我瞪大双眼期待它摇身一变,成为金黄色。谁知直至鸡蛋彻底熟透,它也"面不改色"。我露出一脸的遗憾。明明按照母亲当年的操作流程,摊薄如窗户纸一样的鸡蛋饼,是有百分之九十成功把握的。

我想做一枚圆月,挂在我虚拟的天空,是我煎鸡蛋饼的初衷。我有太久太久没有见过澄明的圆月。儿时,最喜欢的时光是夏天。一轮月圆挂碧空,将清辉洒向大地,洒向木格窗,躺在土炕上熟睡的我,被亮得跟白天一样的光芒唤醒,窗外树影婆娑,蛙叫虫鸣。我眼望月,月一脸慈祥,像极了祖母慈悲的目光,徜徉在月的怀抱中,我踏踏实实地再次睡去。

秋风起，雁南飞，露水重了的时候，母亲给木格窗糊上一层薄如蝉翼的纸。有月之夜，月光照在木格窗上，被纸滤过的月光，像白墙被轻微的炊烟熏过，近似淳朴的亚麻色。屋里如同点了一盏洋油灯一样亮。

难以屈指算清，有多少年没有吃到母亲摊的鸡蛋饼了。那时乡下物资匮乏，平常日子又不屠宰猪羊，家中来了亲朋，索性煎上三两张六寸盘大小的鸡蛋饼，装盘，款待他们。将一张摊好的饼折了又折，切成韭菜叶一样宽窄的条。我见过母亲折煎好的鸡蛋饼的姿态，慢，恭敬，她一直是用左右手的大拇指和食指来操作，其他三指翘得很高，小心翼翼的，生怕不注意将煎好的鸡蛋饼碰得四分五裂。切好丝，要码在盘子中。母亲始终是屏着气的，把鸡蛋丝横排，竖摆，像老鸹搭在树上的窝一样蓬松。

值得回味的是对于这样上档次的菜，夹菜的客人也是极慢的。平常毛手毛脚的人，此时此刻表现出的是贵族般的优雅，总是夹上两三根，缓缓地递进口慢慢咀嚼，慢慢品味。

老家的规矩，女孩子是不允许与客人一同就餐的。母亲煎鸡蛋饼时，我躲在一边看，等她装好盘，命我端到堂屋桌子上时，我的目光一刻也没离开过盘子。我把盘子轻放在桌子上，不是转身离开，而是退出来，只有退出来，我的目光才能追随美食。即使退到大门外，从门缝里看客人夹鸡蛋饼时的动作，包括他们的咀嚼节拍，我也丝毫不肯放过。客人动嘴，我的喉结不自觉地滑动，多亏我不是二哥那样的男孩，否则，被人看见喉结动，羞死人了。

客人走后，我像一只饥不择食的麻雀，扑棱飞到桌子前，享受残羹剩菜。客人们是仁义的，即使后来，那些给我家盖房子的大工、小工，他们看见平日少见的鸡蛋饼，也不会风卷残云，那样是被人笑话"几辈子没吃过饭"的。

我吃不到母亲专门为我摊的鸡蛋饼，索性夜晚看月亮，一边欣赏它的美，一边把它当作我口水流了三千尺的鸡蛋饼。我坐在堂屋门槛上，双手托着尖尖的下巴，一眼不眨地望着月亮。这时是初七、八的月亮，已经有模有样，像人间十一、二岁的少女，苗条，亭亭玉立。因为初二三的月亮，是向左弯着的弧，让人最容易联想到，一笑便投进父母怀抱中的四五岁的害羞女孩。

我盯了月亮一天又一天、一年又一年，也没有盯出鸡蛋饼来。却发现了月亮不是秘密的秘密。月亮是从初二开始至十五，用了加法，它每天在左边贴上一弧度很小的条。十五至月底，月亮又像发誓减肥的胖女孩，每天减去一条弧，瘦到最后与新月一样。此刻，它叫残月。

一晃便是多年。如今，我多想有一天夜晚我被月光唤醒。多想有一天我摊的鸡蛋饼像金子一样黄；多想有一天，我继续睡在拥有木格窗房子里，听蛙叫虫鸣，看树影婆娑。

攀爬者

　　一棵杜梨树孤零零地站在河东岸的凸台上，是三乡五里数得着的一棵大树，足有十几个米高，成人大腿粗。

　　杜梨树身边有一条看上并不宽的河。每年夏天水位很高，水会爬上凸台，到达杜梨树脚下。家里人做梦也想不到我会蹚过没过膝盖的河水，去爬这棵杜梨树。我知道爬树与攀岩有异曲同工之妙，是考验体力和四肢协调能力的运动项目，只不过对于一个不过五岁的女孩来说，爬上那么高的树，着实不易。爬是爬上去了，但是双手紧紧抓住粗一点的树杈，双脚站在 V 形的树股上，腿抖得像筛糠，我想退下去，可不敢，担心粗糙的树皮把裤子划破，惹母亲生气。

　　我被困在树上，与被困孤岛的人无二区别。我想许多人都经历过困境，人从爬行进化为站立行走，解决的不过是肢体问题，而尊严是这种肢体所解决不了的，人需要群居，又需要独立，如果没有独立的人格，独立思考能力，独到的见解的人，就谈不上生活的有尊严。二姐为娘减轻负担，私自做主到外村去捋菜（够树叶），她爬上很高的一棵树，捋了榆钱往斜挎的布兜内装，不小心将一片树叶落下，恰遇主人从此路过，她抬起头见一毛丫头，破口大骂不说，还唤来一条恶狗，对着二姐狂吠。二姐在树上央求道："大娘，要不是我爹病着，急用钱，俺绝不捋你家榆钱。"二姐说得对，父亲因结核病困在炕上，家中连下锅的米都没有，哪里有钱给他看病？二姐将菜到集上卖掉，才能给父亲买点药。榆树的主人听后，一声长长的叹息，说："闺女，捋吧。"

回想当年，我的亲人为了把我从土窝窝拽出来，是何等的用心啊！每月开不足六十块工资的二姐夫，把五十块钱递到我手上，我知道这五十块钱，对于一个家庭意味着什么。二姐和二姐夫两人加起来工资不足百元，外甥女尚小，母亲下地劳作，都在指望这百元。我回报这五十块钱的是刻苦学习，努力再努力，从清晨画到黄昏，从数九画到三伏。冬天手脚上的冻疮，裂开如婴儿小嘴一样的口子，向外渗着鲜红的血，老的愈合，新的冻疮又形成。三伏天，握笔的手如水浸泡，像民工一样肩膀上搭条毛巾，时不时擦擦汗。莫非冥冥之中自由安排？！还是我愚钝，辜负了亲人？总之我没有拿到开启大学门扉的钥匙，反而进了一家军工企业。

没有能考上大学，我从虚无缥缈的理想天空中，跌落在地，把握画笔的手在算盘上滑翔、在钞票上跳舞。职业是谋生的手段，我用这手段开始养活自己，没有年休假，没有礼拜天，每天像上满发条的钟摆。那些当兵的过年回家，家在市里居住的我，则留守在单位，面对很多贴上封条的办公室。单位新买了双鸽打字机，在别人学不会的情况下，我愉快地接手，为之后攀爬上另一枝头埋下了伏笔。把铅字敲在蜡质上不难，难在背诵密密麻麻的倒字、反字字盘，不像电脑键盘，声母加韵母会繁衍出无数汉字。但很快，我把噼噼啪啪的声音，敲出均匀的节奏。在这"很快"二字后面，是我手指的深深酸痛。

如果我像如今有些年轻人那样，认为会得多，干得多，是傻瓜，那

120

么五年后，我就会和曾并肩工作的同事一样，成为下岗工人，面对窘境，我不知道跌倒后还会不会爬起来。说这番话，并不是轻蔑下岗职工，是我确实尝到"机会永远留给有准备的人"的含意。三十年前，打字员是有技术含量的人，三名公安局的打字员考上政法干部管理学院，可找寻了一圈，没有会打字的能顶缺，于是，一块"馅饼"砸在我头上。

在村里，婶子大娘夸我苗条，像牵牛花，我不喜欢花朵，但是喜欢多年藤科植物。在我看来蔷薇、爬墙虎、葡萄架、野麻等，有一种为了尊严而活着的力量，一种忍耐寒冬酷暑摧残而不折腰的力量。我从它们身上可以感受到那种不可言喻的东西。那个星期天，看上去慈眉善目的一位领导笑呵呵地交给我三十多页稿纸，说是下午开会用，要求我在两点前打完。为了按时完成任务，我连中午饭都没顾上吃。我把长长的文稿变成数张蜡纸，带着一脸的虔诚敲开那个领导的门，将蜡纸恭恭敬敬递到了领导手上，谁知领导展开蜡纸看了看说："对不起啊，让你加了这么长时间的班，可是会议取消了，你回去吧。"说着，那湖蓝色的蜡纸就被领导那双看上去宽厚的手揉成一团，丢进了废纸篓，我不敢言语，心中是酸苦的……我困在那里整整两年。每天工作量有多大，难以用准确的词汇描述，反正两年多一点的时间，我从正常视力下降为睁眼瞎。日复一日，年复一年，我觉得自己像是一根藤在键盘里攀爬，从稚嫩爬向成熟。

我终于成为警察。为了自己与警察身份匹配，我继续攀爬。参加过司法函授自学考试，取得了中专文凭，当普及大专时，又投入公安大学自学考试中，好不容易考过一半多课程，拿到所谓公安内部承认的结业证书，却遭遇国家不承认学历的尴尬。一两千人被困瓮城而面面相觑，只有我和好友的爱人，选择杀出一条血路，报名河北师大法律系，三十好几岁，拿到国家承认的红本本。只问耕耘，不问收获的我，竟然在即将叩响知天命之年时，升职正科。要知道很多人因学历问题，提职愿望折翼，被困在原地。

著名作家塞壬在《奔跑者》中写道："在写作中，我找到了另一种奔跑，它让我实现穿越个人黑暗地狱而抵达天堂的澄明……"我知道，塞壬是在写作实现自我拯救，对于我来说，原本拿爬格子自娱自乐的我，有一天在写作中，竟然看见了澄明，它诱使我甘愿虔诚地匍匐在地。这是我在攀爬工作高度的同时，作出的一件与物质无关，与内在精神息息相关的决定。在这条路上我爬得很轻松，并非我天生具备艺术细胞，而是我遇到了一直敲打我的良师益友，他们握着无形的鞭子抽打我。"句子还疙疙瘩瘩，需要揉开"，"缺少一条主线，把故事情节串起来"，对于这些专业提法，我不是似懂非懂，而是一点不懂。于是他们不厌其烦地给我讲什么叫散文语言，什么叫主线等，在他们的帮助下，我的文章爬上当地报刊，又爬到省内外。

去年冬天，从花盆中冒出一棵无名草，叶绿如翠，初春，它长出带竖纹的藤，我殷殷地递它一根水晶绳，没有想到充满智慧的它，用玻璃丝一样的蔓抓住了！它爬之前，先长蔓，在水晶绳上绕了一圈又一圈，然后再长藤，这棵无名草现在即将到爬到窗口。那天我正端详无名草，看见有只肉眼刚能看清的小虫，顺着藤向上爬，小心翼翼的，如同缩小无数倍的我。

爬，无名草在爬，我也在爬。

幸福与处境无关

在我居住的小区附近，有个重度残疾修鞋匠，不管我是愁苦、还是高兴地经过他的摊前，都会看到他一脸的阳光。根据我对他的了解，按说他最是应该笑不出来的，他有个靠贷款上中医大学的儿子，还有个看上去高大健康，实则病歪歪的老婆，但他依旧以淡定的人生态度经营着春夏秋冬。我实在搞不懂。

还有我见过的另一对生活在城市底层的夫妇，他们表露出的幸福我更是搞不明白。早在我谈恋爱时，就见第七中学对面便道上有一对修自行车的老夫少妻。那女人穿着土里掉渣的衣服，目光呆板、行动迟缓，一看就知道精神有点问题。可她的头发一丝不乱，总是像刚刚梳理过，这让我很好奇。后来我从那里又经过了几次，才知道女人的头发原来是老汉梳的。只见老汉把女人揽在怀里，用他那洗了还很黑的右手握住梳子，另只手抓住女人的头发，轻轻地梳理着，生怕自己的笨拙弄疼了女人。女人微微闭着眼睛，享受着男人给她梳头带来的惬意。我看见老汉眉眼里装着疼爱，女人眉眼里装着被呵护的幸福。

有年春天，我和爱人经过七中对面的小街，再次看见老汉那双沾满洗不掉油渍的粗手在女人头上摩挲。那瞬间泪水立刻模糊了我的双眼。起码二十年过去了，街道两旁的树变了，房屋变了，然而，老汉给女人梳头时的表情没变，女人享受老汉梳头的幸福没变。透过泪水，我看到修车匠和他的女人对视着笑，那笑让我有种久违了的感觉。那是热恋中男女才有的笑。

人在尘世，岂能事事如愿。这些年或闷闷不乐、或心急火燎地行走街头，总会在抬眼间出其不意的一瞥，有所收获。那一天我和女儿急匆匆去补公交卡，看见一只蓬头垢面的西施狗左右张望了一下，忘情地匍匐到一水洼中，哼着不成曲的歌，来回打了几个滚，而后从水里走出来，沐着醉人的阳光撒起欢。我说这狗放着干净地不待，偏偏趟这点浑水，还美滋滋的，简直一神经病！谁知女儿反驳我的观点，她说也许在这只狗看来，自由是最大的快乐，它虽然风餐露宿，但少了主人的指手画脚和囚笼似的羁绊。我顿有醍醐灌顶之感，原来幸福与处境无关。

绕不过的悲伤

　　三十来岁的年轻女人和我三姐是同时被医生诊断出肺癌晚期的，她住在三姐隔壁病室。

　　女人自看到诊断书那刻起，就开始扯着嗓子嚎叫，护士和医生没有一个出来阻止她，同病室的人也没人阻止她。她嚎的时候，脖子上的青筋像一条吸血的蛇，丈夫耷拉着脑袋，那姿态像是颈椎断裂，只有一层表皮连接着头颅和身体。女人眼睛直勾勾地望着男人，她要他承诺，在等他承诺前，她设计了几道题，第一道："我死了，我那闺女小子咋活呀？"丈夫一声不吭。"你说呀，他们到底怎么活呀？"女人把叉腿坐在三条腿凳子的男人晃动的像不倒翁，她不甘心得不到答案，抬高分贝："你说呀？我死了，我那闺女小子咋活呀？"女人的嗓子不像第一句那样清脆，有些沙哑。男人的双肩出现有节奏的抽动。

　　开始，大家是同情女人的。七十多岁的老母亲，不久将上演白发人送黑发人的无助，有一双不过三五岁的儿女，不久也将成为失去母亲温暖怀抱的苦命孩子。可搁不住她二十四小时不停地哭闹折腾，当有一天女人推到抢救室再没回来后,病房里病人和陪床的亲友,每人长吐出一口浊气。

那几天可忙坏了医生护士,一阵急促的脚步响起的时候,正是那女人干嚎后进入了昏迷状态,医生不得一次次在征求家人同意后,用看上去与其它针剂无二区别的杜冷丁掩盖女人肉体的疼痛。可复活过来的女人,继续重复上述动作。我发现,她在干嚎之前,有几分钟抽泣声是低沉的,继而是"呜呜"的哭声,再上升为嚎,她把"啊"声分成了几个音符,便成为:啊,你说啊,说啊,我死了,我那闺女小子咋活啊?"她丈夫依旧保持着把头埋在胸前的"死人"动作。不用说,这表现女人不满意,她开始提问设计好的第二个问题:"啊,老公,你说啊,我死了,我那七十多岁的老娘咋办啊?"在隔壁陪床的我,听得一清二楚。

一天午后,女人的词语又推陈出新:"老公,老公,你说,我死后,你会不会再婚?"几天来,我为她洒下不少同情泪,听到这一句,突然"扑哧"一声笑了,开始我为自己的不合时宜羞得一阵脸热,毕竟是在人人都愁眉苦脸的病室,即便陪床亲友表现出的是淡然,即便病人偶尔挤出一丝笑,可那笑似晨露,似雷电,转瞬消失的无影无踪。我实在抑制不住胸腔内向上面部撞击的笑点,只好佯装要吐痰,跑到月台上去笑个够。

人说恋爱中的男女智商为零,没想到濒临死亡的人智商也成为了零。过去女人丧夫守节,有被授贞节牌坊的,男人也有为妻守节的,但妻子不是寻常人家的女人,是皇上的女儿。此事发生在清朝,按照清朝礼制,公主死后,如果驸马能为妻守节而终生不再续弦,则爵秩、待遇终生不变并可荫及子孙。如驸马不耐鳏居,另娶夫人,则立即革除爵秩,并收回皇室所赐房屋、田产、珠宝、奴仆、牛马等所有财产。那些驸马为了继续享受特权,自然在公主死后为她守节。如今,男人丧偶,不等女人尸骨未寒,另迎新人的比比皆是。我闺蜜的堂哥堂嫂,婚姻基础牢固得很，堂嫂乳腺癌手术失败不出三天，为堂哥说亲的媒人和自荐自己的未婚女，踏破了闺蜜婶母家门槛。

三姐也上演过令我发笑的一幕，那是她住进医院第二天，突然呼吸急促，医生叫来家属，三姐已经难以发音，她拉着姐夫的手，说："小王，咱们来生再做夫妻呀！我'走'了，你该找就找。"再看我姐夫从泪眼中绽放出一朵笑容，他当场保证："我对天发誓，咱来生还做夫妻。"医生、护士和我家的、三姐婆婆家的所有亲属，都被感动得转过脸去擦泪。

来生他们是否还能做夫妻，我没有先知，自然不知道。

疼痛，每时每刻都在女人身上加剧，眼见护士推着小车为女人注射杜冷丁的次数越来越频繁，直至杜冷丁在她身上派不上用场。医生说她身上的癌还没来得及扩散，是她摧毁了生的信念，死神才缩短了她在人世间的光阴。

桑塔亚那说："如果这个生和死是无法挽回的，唯有享受其间的一段时光"。大概我三姐知道这个理，自住院那刻起，心情反倒比没生病前平静了许多。时而见她给张三打电话，像健康时的淡定："好久不见了，想你了，明天，还是后天晚上，咱们一起吃点饭，叙叙旧？"三姐时而又给多年的好友打电话："有时间没？我想买件连衣裙，你眼光好，给参谋一下呗！"那口气和精神状态，丝毫让你看不出是她是生命即将走到尽头的人。甚至，有一天我触摸着自己的脑门，看是不是自己发烧，烧得迷糊了，怎么颠倒了黑白？又怀疑自己是做梦，整整半年，我不知道是庄周梦蝶，还是蝶梦庄周。半年后，三姐选择以沉静的姿态，告别人间。

人生何尝不像一个从此岸到彼岸的旅行过程，有人一出生便夭折了，有人行至中途下了车，还有人活到百岁，都没登上彼岸。同样是去彼岸，旅途中的时间却有长有短。我总感觉不管旅途长短，活出质量，活出尊严，那才能叫精彩。邯郸艺术界中不认识白翎大姐的人很少，她做过两次心脏搭桥手术，均以失败而告终，自二十年前发现心脏房颤后，至今，几乎每隔几天房颤会不请自到，短时持续五六个小时，长时达一天。可这个随时是会被死神叫走的人，心态阳光到比健康人还胜一筹，她写诗歌、做剪纸，力求完美。不久前，大姐和其他几位民间剪纸大师在回车巷将相和文化馆，举行了剪纸展，大姐手下的人物个个充满清雅和书香气息，让前去参观的人无不流连忘返。

迪亚娜夫人说：不害怕痛苦的人是坚强的，不害怕死亡的人更坚强。既然悲伤，每个人都绕不过，索性坦然面对。

瓜儿离开了秧

　　朋友送来几个灰绿色的瓜，泾渭膨出，图案像动物园珍珠鸡身上的斑纹，触摸有麻制品的粗糙感。当时，我忘记问朋友瓜的名字，于是叫它珍珠瓜。时间真快，一转眼到了各种瓜果盛行的季节，西瓜、甜瓜、黄金瓜、伊丽莎白、哈密瓜，绿色的、黄色的、白色的、绿花的，圆滚滚，一车一车的，点缀着单色调的菜市场，煞是壮观。

　　看到珍珠瓜的那一刻，诸如返璞归真、粗茶淡饭、洗去铅华等一类的词，从四面八方向我奔跑而来，而我的思绪与词汇相比，速度并不逊色，身着桑麻，肩扛锄头下地干活。其实这装束是多年前我母亲，以及和与我母亲同样的千千万万、每天与土坷垃打交道的泥腿子们的写照。向东不出百米，是块洼地，不舍得用大地种瓜点豆的生产队长，手一指，甜瓜、小白瓜在热得把人烤糊的麦收季节成熟了。甜瓜有蒂的一边有点微椭圆，渐渐而粗到另一边，这一边从正面看就是一个略微凸出的圆，甜瓜的颜色由黑、草绿、浅黄三色纹络交织而成，像是顽皮孩子的胡乱涂鸦。相比之下，小白瓜宛若月光下刚出浴的美人。

瓜的产量很高，四分地足够我们一大队近百口人吃个把月。瓜是一茬一茬成熟的，几乎隔三两天，家家户户分上半筐。没有任何降温措施的村里人，倾巢而动，聚到我家不远处的水井边。水井三面是树，有腰身挺拔的白杨树，有摇曳生风的垂柳树，家里没有的凉风，全汇集到了这里，白杨树似是听到了谁精彩的演讲，禁不住一会鼓一阵掌，一会又鼓一阵掌。柳树是典型的淑女型，即使被逗乐，也只是甩甩长发，抿嘴一笑。走路风一样的母亲，挑着水桶前面走，我用框子端着瓜跟在后面，一路小跑。再看井边，几乎是一只桶放瓜，另一只桶提出清凌凌的水，倒进盛瓜的水桶中，似乎都商量好的。贪吃的小孩子不等瓜泡脆、泡凉，捞出来大快朵颐。我不是这种性急的孩子，往往蹲在树根下逗半天蚂蚁玩，才肯吃瓜。

与甜瓜相比，小白瓜的香味和口感像掺多了白开水，少滋没味的。母亲用两手掰开甜瓜时，我的口水就不知不觉流到下巴。不能叫一分为二，母亲两个大拇指稍稍在甜瓜腰际用力，甜瓜裂开不规则的一条缝，再轻轻向相反方向一掰，金黄金黄的瓜瓤，似翠玉一样的瓜肉，呈现到我眼前。两根干柴棍似的小胳膊，分别嫁接着五根竹节一样的手指头，托着瓜，把巴掌大的小脸埋进去，哧溜，哧溜，三下五去二，香、甜、凉丝丝的瓜瓤进肚。我看看母亲，竟然不问她为什么不爱吃瓜。

比起甜瓜，珍珠瓜显得敦实，个不大，重量却是甜瓜的三四倍。我用拳头试探着捶它，有铅球大小的它纹丝未动。我怀疑它没有长够天数，但不怀疑它的甜度，之前吃过的那种叫伊丽莎白的甜瓜，是有瓜蒂的，有的是新绿，直撅撅的像猪尾巴，有的蔫巴巴，像暑天暴晒在阳光下的柳树条，不论哪种蒂，瓜都甜得腻人。这世道，雄性十足的大男人都能变性为窈窕淑女，使瓜变甜，自然不在话下。我想若是自己家种瓜，一定是依照蒂的老嫩来判断它是否成熟的，可那些收购瓜的商贩子决不允许瓜长到自然熟。买者和卖者向来思想不统一。对于瓜农来说，大片大片的瓜下来，嫌价钱不够高，就得烂到地里，卖也得卖，与强盗拿刀架到脖子上索要财物，没区别。

多渴望吃那些自然熟的瓜呀！不用怀疑是否注射了糖精和增甜剂。那时，知了扯着尖嗓子站在树梢可劲地叫，烈日恨不得把土地烤焦。这样一来，找瓜棚看青老头套近乎的孩子有了足够理由，天这么热，快渴死了，爷爷，爷爷，您不能见死不救吧！都是街坊邻居的孩子，怎好拒绝！他把大茶缸往地上一蹲，又顺势抄起搭在肩头上的湿毛巾擦擦脸，而后笑嘻嘻地去找熟透了的瓜。把瓜放在地上，用手一捶，几朵碗口大小的火红色木棉花，刹那绽开。比我大几岁的小银，手疾眼快，他伸出左右手，各取一块，露出小虎牙，张开大嘴巴，嘴巴还没咬住瓜肉，一块西瓜瓢以光一般的速度掉在地上，他只剩下接近瓜皮的红肉，我和其他孩子笑得前仰后合。

看着我们吃瓜，看青人脸上表情复杂，既有欣喜，又有不舍。从播种，到发芽，再到开花、坐果，像父亲看着孩子长大成人一样有成就感。瓜儿离了秧，犹如鱼儿离开水，又犹如孩儿离开了爹娘，怎能叫人不忧伤！最令看青人忧伤的是瓜没熟，季节过了，或者那片地另有它用，生产队长带队员拉瓜秧。那些连着母体的小西瓜，被人使劲拽下，大有生生把母子分开的残忍之象。丁点的小青瓜与瘦成麻绳一样的瓜秧子，被一齐丢进蚊蝇乱飞的化粪池。长相端庄的小青瓜，大人拿回家哄小孩子玩。人有不合时宜的爱情，植物又何尝不是？在错误的时间，选择对的人，即使结晶没错，也注定是早夭的命运。

再美的花，也有凋零的时候，再好的戏，亦有散场的时候。看青人的舞台戏唱完了，只见他目光从曾经的瓜田慢慢扫过，末了，眼睛湿润了，急忙掏出别在腰上的烟袋锅，装上烟丝，他手颤地划了两根火柴，都没着，又拿起第三根……

抱着珍珠瓜放在案板上,想一分为二,刀刃却被瓜卡得如在梦魇,爱人赶紧出手相帮,哈密瓜特有的芳香,迅速在厨房里弥漫,再看瓜瓤,似被提刀入侵者惊吓的人,瘫软在地。我在咽下第一口瓜肉时,甜味甜到嗓子眼,经不住一阵咳嗽,咳完,我举起瓜,对女儿和爱人说:太甜了!我想把这种罕见的香、甜,分享他们,谁知他们像当年我母亲那样,冲我摆摆手。

一条裤子的前生今世

当我"刺啦"一声，把花两大张买来的靛蓝色牛仔裤，撕成裤片时，竟有种说不出的感觉。之后边撕便回忆着当初我是怎么一眼看上这条裤子的，穿上它又迎来了小姐妹们多少的赞誉。在我的回忆中，裤片成了宽窄基本相同的布条，却没回忆起自己是从何时起，竟嫌弃这条裤子老了，老的像失去光泽的珍珠，任凭我用好一些的上衣为它增色，都无精打采。穿着它的几率越来越低，乃至我把它从衣橱的醒目处，挪到了旮旯。到最后，连旮旯处，也被其它衣服挤占，我不得不把它叠起来，塞进包裹。

其实，这并非是一条裤子的不幸，而是所有新衣服演变成旧衣服的不幸，所有从貌美走向色衰之人的不幸，这不幸又不以个人的意志为转移。所幸的是，这条牛仔裤和一些和它一样的旧条绒裤、旧T恤衫、旧真丝裙、旧睡衣、旧毛巾被、旧背面，统统被我"请"了出来。如果它们和人一样能用语言交流，或许会拥抱在一起，说它们终于重见光明了。

若是赶上新三年、旧三年，缝缝连连又三年的年代，这些完好无损的衣物，是绝对不舍得撕成布条，做成不挡风雨的脚垫、小筐子和坐垫的。偶然看到微信中，有朋友分享旧衣物做地垫，感觉这主意着实不错。

所有衣物，不管大小，几乎不到十分钟时间，会面目全非。不夸张地说，撕扯一条裙子，你得拿出看高铁从你面前掠过的心理准备，这一秒火车在眼前，回眸间，你可能只能看见它的尾巴。一条菜绿色百褶长裙，不到十分钟，它便由完好，成了残缺，最后丢在地板上的只剩腰和拉锁部分。撕扯裤子、连衣裙、睡衣等，是一样的结果。它们像我吃剩下的鱼，肉营养了身体，骨架留在了盘子里。它们更像经历一场大地震后站在那里的残垣断壁，有用的砖石被人捡起，没用的被清理出去。

不管当初它们是打着尊贵还是普通的标签，不管它们是我花大钱，还是出小钱买来的，多年后，统统被我归纳到"旧"的行列。撕扯一条咖啡色牛仔裤时，我突发奇想：在没有做成裤子前，它是布，在没织成布匹前，它是线，在没纺成线以前的以前，它是农民种在地里的棉花，在没长出棉花以前它是棉籽，在没成棉籽以前，它是棉花，棉花如果不纺成线，而是做成了棉被，棉被盖久了，若是被扔掉……

我不能再没完没了地问一条裤子的前世、前前世，前前前世，这是个永无休止的话题。这只是针对一条棉布裤子来说，若是化纤材质的裤子呢？恐怕得追溯到焦化，再追到煤炭以及煤炭的前世。人也一样。"我"不是我之前，又是谁？百年后，我又成了谁？

没什么可奇怪的，这便是《般若波罗蜜多心经》中讲到的空性。成为一条裤子前，需要很多因缘聚合，它需要有机器，没有机器可以手缝，手缝需要针线，针线得有人卖。成为"我"前，如果没有与父母的缘分，休想来到人世！

根据布的柔软和新旧程度，我人为地给它们打上卑微和高贵的标签，尊贵的，做成了女儿肩头时尚的小包和茶几上盛餐巾纸、笔和报箱钥匙的小筐子。卑微的，做成静坐时的小垫子。那些柔软的布料，天生就是做包、做小筐子和小垫子材料，而褪了色的牛仔裤、过时的连衣裙和旧了的睡衣以及无人问津的毛巾被，真的无法与它相媲美。

在我完成的作品中，有一件是镶嵌着蓝色人工宝石的小筐子，可以放门口盛放些小东西。小筐子的前世是我结婚时穿在身上的湖蓝色健美裤（打底裤），花了一百四十八块钱，那时我的工资不到二百元，硬是在服务员"一辈子就这一回"的说辞下，狠狠心买下它。记得当时穿上它，内套厚厚的毛裤，腿依然显得纤细。当我把它从包裹中请出，再想找一下当年的感觉时，谁知被镜子中自己吓了一跳，只见我的大腿、小腿、肚子、臀部，像白莲藕一样一截接一截，它们躲在裤管内，一起做着"从束缚中挣脱"的努力。

"这么一条难看的裤子，真该早点送人！"我抄起剪刀，可又放下，原因还是不舍。我在心里笑着自己的贪心。不是贪心是什么？至今，作为嫁衣的还有一件紫色毛呢大衣和一套大红色呢子套裙，它们静静地躺在包箱床内。二十年来，有多少次能把它们送给别人的机会，不都没舍得？

笼统地说，多年来裤子一直在轮回着两种款式：长裤和短裤，只不过设计师在裤管的宽窄上做些调整，又给出它们一个好听的名字而已。诸如八十年代初流行的喇叭裤，八十年代末流行的板裤等。何为裤子过时，一句话：大家都穿上了筒裤，而你一人却穿着喇叭裤，于是给人一种不合时宜的感觉，仿佛你又把长袍马褂穿了出来。可见，并不是裤子过时，是设计师联合商家让你自愿把钱拿出来的一种策略，他们不断推陈出新，你不断掏出包里的钱。

我重新拿起剪子，在裤腿剪个豁口，双手向不同方向使劲，刺啦，刺啦，除去这声音外，听不见任何声音。想不到，一条三尺长的裤子，撕成布条后才编了五条小辫，五条小辫接到一起还不过三米。再把小辫根据需要盘结后，做了一个能容纳拳头大小的小筐子。

我联想到人，到了最后，也要凝缩到了那么一个小盒子内，由不得你接受和不接受。

谁寄锦书来

家里有许多散发着墨香的旧书信，最有历史，也最为庄重的是牛皮纸那种，信封和内容都是用毛笔写的，信封上用的是行书，信纸上的内容是蝇头小楷。

在那个物质匮乏的年代，没有任何玩具的我，便把这些写满对亲人惦念的信，放在一个藤制手提箱内，时常拿出来把玩。我时常装模作样地摊开信纸，念念有词，可除"母亲大人，您的来信收悉"几个字念得清晰外，后面是咿咿呀呀蒙混过关的。书信大多是两个舅舅写给我母亲的，还有一部分是姐姐写给母亲的。我的念词不过是仿照大人们口吻罢了。

长大后我才知道了牛皮信封背后的故事。上过半载私塾的母亲在抗日战争年代被迫与姥姥和两个舅舅分离，委身于年长她十岁的父亲。在举目无亲的小村子里，母亲哭得昏天黑地，是五舅的书信，使她获得活下去的勇气。年少参军，经历过万里长征、做过地下党，后被日本鬼子抓到旅顺去挖煤，侥幸脱身的五舅，获知唯一的妹妹，与毫无感情的男人结了婚，奋笔疾书，劝她要敢于向旧思想宣战。当时恰逢北方选择进步青年"南下"，母亲接到五舅信，难以言喻的兴奋。就在她背好行囊，准备动身"南下"的那一刻，大姐一声撕心裂肺的哭泣，使母亲迈出的脚，又缩了回去。母亲不得不擦干眼泪，请人给五舅回信，说她舍不得孩子。退一步说，如果不是战争，不是做地下党的五舅被叛徒出卖、家中房子被烧，母亲说什么也不会由一个自幼掩护共产党地下交通站的进步青年，沦落为一个典型的家庭妇女。

五十年代初期，姥姥和两个舅舅带着收养的日本小姨，从旅顺回到了河北威县，终止了亲人间的两地书。可母亲还是希望乡下邮局有三十里地的投递业务，原因是在没有现代化交通工具的那年代，回一趟娘家得用上一天。别看三十里地，一年最多去两三次。还不如姥姥在东北那会，十天半月一封信，见信如见人。特别是父亲的猝然离世，一下子把母亲推至万丈深渊。两男四女，最大的二八年华，最小的乳臭未干，要吃要喝，让一个中年女人如何是好？

四处寂静，在孩子们进入梦乡时，母亲前思后量，感觉没有出头之日，她的脚步每向村东苦水井迈一步，像灌了铅一样的沉重。命不该绝，母亲跨向井台的一只脚，被狠狠绊住，由于惯性，她摔了个趔趄，半个身子横在井口。就在此刻，看电影的年轻人从井边路过，他们发现母亲和一条别人挑水遗忘的井绳，原来是井绳救了母亲命。

一传十，十传百，两个舅舅获知母亲寻死的消息，一个策马扬鞭，一个把自行车蹬着飞快，天不亮，敲响了我家大门，给饥寒交迫的一家人送来钱和粮食，舅舅千叮咛万嘱咐母亲万不能再寻短见，不然对不起泉下的父亲。很快，有残疾人津贴的五舅，给母亲买了一辆自行车，他说自行车比写信快！

自幼我就羡慕读书识字的人，特别是那些能提笔写信的人，那时我心目中学问人的象征。正是从那时起，我发誓要做此类人。目标定下，必须付诸行动。姐来信了，不识简体字的母亲，只好揣着信，端着碗装作若无其事的样子，去有文化的F哥家串门，见F哥心情好，母亲急忙掏出信，请他读读。做这些时，我那骨子里要强的母亲是一直看着F哥的脸色行事，流露出低人一等的姿态，原本母亲希望F哥读完信后，帮她写封回信，无奈见F哥被有些不耐烦的媳妇指使去喂猪，只好藏掖起到嘴边的话。见母亲为难，我坐在堂屋左边的椅子上，小心翼翼将信纸铺好，像课堂先生一样，神情严肃，母亲坐在右边，口述写信内容。母亲显然没有求人写信的那种拘谨了。久了，我总结母亲口述回信内容的规律，信的开头不便：九菊、九军，来信收到，家里一切都好！切勿挂念，信的内容却每次不同，但整体说，母亲喜报喜不报忧，只字不提家中已经没米下锅的苦涩。所以，上学时有同学课堂上问我，为什么作文写得那么好，我如实相告：写信。他挠着头，不好意思地坐下。

　　逐渐，我又多了一些爱好，集邮、集刊头画、集烟标，到了如痴如醉的地步，但仍不曾改变我对书信的喜欢，喜欢信，自然得有写信对象，恰巧情同手足的英去当兵，老乡明考上了军校，于是，二人成了我固定的通信对象。英来信问我邯郸流行服装和发型，我回信说再漂亮的衣服、再好看的发型，也给予不了一个人文化素养，不妨趁年轻多读书，终于在我劝说下，拿起书就打盹的英，爱上了阅读，她的阅读是从《读者文摘》《青年文摘》《故事会》开始的。可喜可贺的是半年后，我读到英的来信里面引用了一些名人名言。爱上学习的她报名自考，在部队还入了党。

　　一个有书信情结的人，自然希望能与白马王子借书信传情。可上苍偏偏为我安排一同城男子，从他家出发，到我家骑自行车不足一个小时，连提笔的机会都没有，失落难免。令我哭笑不得的是多年后，女儿继承了我，在女儿抽屉中静默地趴着一只纸鹤，纸鹤的一侧写着女儿的名字。担心女儿早恋的我，急忙忙展开却发现是女儿的字体。我扑哧笑出声来。

而我也显然得到了母亲的真传，当我看到由南向北缓缓飘来的云朵时，幻想能出现奇迹，云朵飘到我头顶上方时，投下一封锦书。六载花开花落，我和爱人一个在春城云南，一个在古赵邯郸，多么渴望爱人能写一封"情书"，写进相思，写满缠绵。谁知至我们结束了两地生活，他也未圆我的梦。

如今，给谁写信？写什么？母亲在身边，给两个在乡下的哥哥写？早已没有写信习惯的他们，定会感觉他妹妹脑子出了毛病，况且现在人人有手机，习惯想谁了，写封短信，或通过微信私聊，一切OK。可我就是戒不掉写信的瘾。

远去的打字声

改革开放政策出台第十年，我由部队调入公安部门，从事打字工作。虽然与单位一步之遥，工作量却增多了十倍之上。那时市局机关三百多人，十多个科室。整个机关三台"双鸽"打字机，两名打字员。每天秘书组组长会分给我们一堆文稿，不管我们打字多快，案头上的"小山"从来没被铲平过。文稿用统一规格的格子纸抄写，经过拟稿人单位领导和办公室主任批阅后，才能到达我和同事案头之上。我们根据材料上主任批的"速打""急打""请打印"，决定先打那些，后打那些。签"速打"的，自然会放在第一位，这一类往往是有时限要求的会议稿。其次是"急打"，急打件一般为劳教材料和信息简报类。最后是"请打印"，就是普通材料，诸如总结、方案等。

如果我说打字员是那个时代有技术含量的人，相信出生于九十年代之后的人，会把头摇得如拨浪鼓，他们没有见过铅字打字机，自然不知道我说的是实话。很多人认识字，不认识倒过来又反着的字，比如"人"字，倒过去好认，反着，会把"入"误认为人。要想成为打字员，过不了认字关，等于白日做梦。认字从背字根开始，也就是必须清晰记住所有字，放在字盘的什么位置。这里当然有窍门，字盘的中间为词组和常用字，两边是带偏旁的字。记住字根后，才能上机。

说打字员是有技术含量的人，还有一个重要原因是精神高度集中。一看半行是打字员先决条件，这边即将打完，脑袋一回头，得准确看到后半行，不用说"噼噼啪啪"的打字声是连贯性的，是有节奏的，就像一首琴瑟和鸣的古筝曲，相反，由于打字员记忆力不集中，或看两字扭头便往，打字声音结结巴巴，像患有严重口吃的人，降低了工作效率。

再有，一个技术熟练的打字员不会用蛮劲。铅字打字机的原理是手给力于杠杆，杠杆准确地把字砸在滚筒的蜡纸上，敲击用力均匀，自然留在蜡纸字体也均匀。而技术差的打字员把握不好力度，时而轻如飞鸟，时而重如打铁。太轻，蜡纸上字迹浅，油印后字迹模糊，太重，薄薄的蜡纸会打透，油印时造成漏墨，字体黑乎乎，格外难看。

我参加工作三十年来，先后在市公安局办公室打字室、纪委、政治部宣传处、队管处工作，没有哪个岗位的加班次数超过打字室。每周加班一两天纯属正常，中午加班是家常便饭。有一年档案室把那些破损档案统统搬到打字室，堆了半堵墙，那些纸薄如羽翼，有的字迹公整好辨认，有的如草上飞，手指稍一用力，纸张支离破碎，打一页纸费很长时间，牺牲星期天，中午、晚上还要加班，一年多才完成。要说加班最多的应是1989年，一星期连一星期的加班，幸好那时年轻，累了稍作片刻休息，立刻恢复朝气。这一年下半年，打字任务再次加重，既要给刑警大队打剧本《古塔枪声》，又要打一沓一沓的劳教材料。"噼噼啪啪"的打字声，难分白昼。立冬刚过，打了一天劳教材料的我和同事，起身站在窗前伸个懒腰，不禁大吃一惊，不知何时天降大雪，地面上已经像铺了一条望不见边沿的白地毯，曾经低矮的民警宿舍，成了童话中的世界。楼道里空无一人，临时给的会议材料，第二天上班急用，需加班，"噼噼啪啪"打字声在整个办公楼里响彻。这下可坑苦了当时已经六十多岁的老母亲,因固定电话尚未普及到家家户户,想劳烦距我家很近的一个派出所转告,可派出所电话始终处于忙音状态,害得母亲天不亮,在冰天雪地骑自行车来单位找我,开门时,母亲从头到脚,全是白,她见我和同事一脸倦意,只说了句"这下我放心了",便轻轻为我们掩上门,继续在大雪中踯躅。这样的事,并非发生过一次。

  青葱岁月的我和同事,每天弹奏着不变的节拍,弹着弹着就到了恋爱季节。没有时间外出花前月下,就令他来单位,我和同事一前一后谈恋爱,找的男朋友都是那种明白人,理解并支持公安工作,他们时常跟到我们办公室,我和同事打材料,他们看书,或帮办公室的人装订材料,待加班结束,再送我们回家。即便生育后加班也是常事。应该是1996年冬天,河北省公安厅在我市展开"远学济南,近学丛台"现场会,当时我已经开始用资料组淘汰下来的"四通"2401H计算机,它比现在的笔记本电脑体积大、笨拙,但已经是那个时期很不错的打字设备。女儿不满一周,我只好把她搂在怀中,用右手打字,由于这种打字机声音小,女儿在我怀中很快熟睡,可只要把她放在床上,便吭哧个不停。无奈,继续把她搂在怀中,累坏了我的右手,它一会去摸索键盘的左边,一会又盘旋在右边键盘。厅长、副厅长、局长、副局长的讲话稿子,哪一份也不下三十页稿纸,打完一份,还有一份,上下眼皮打架时,抱着女儿跑到水管洗把脸,返回工作到凌晨两点,五份材料告罄。但只是完成了任务的一半,还要油印。

  如果记忆没有出现差错的话,从1994年开始,办公设备在悄然发生着变化。我开始从繁重的打字中逐渐解脱。四通2401、2401、2406,再到2010、2411,几乎每一年半载有新品问世。相对铅字打字机,此刻的打字员,已经不再是稀有人才,只要你会拼音,就能打字,实在不会拼音，可以学五笔。与四通同时进入我视野的还有386、486型号的计算机，比起灵便的四通，它们显得憨头憨脑，普通人不会开机，开机全是英语字母。这东西尚未进入打字室，互联网时代全面到来，电脑成为每个人的办公必备，人人都是打字员，不会打五笔，可以用拼音，不会用拼音，可以用语音，专职打字员就此退出历史舞台。

记忆力里打字声，已经变得模糊。当年打字熟练的我，如今用计算机写稿，也毫不逊色。

第五辑　不想喊疼

99号院

在邯郸，被我称为家的地方，遍布丛台区和邯山区的犄角旮旯，有民房，有公房。无论在哪里居住，奏响锅碗瓢勺交响曲的家什一样不少，也因此我对所有为我肉身遮风挡雨的家，怀有十二分的感恩。可一旦从此搬出，几乎很少回头，唯独对一处有种难以割舍的感情，它就是位于城内中街的99号院。

城内中街，现更名邯郸道，俗称串城街，位于邯郸市明清时期的邯郸县城中心大道上，是迄今为止市区内少有的一条古街。99号院向北不远处有慈禧行宫，1901年11月，辛丑条约签订后，慈禧太后和光绪皇帝从西安回銮在这稍作修整，继续北上。小时候听这条街上岁数老人说他们的父母曾目睹过慈禧，说慈禧长得不美，可皮肤似镜子一样闪着亮光。99号院向南不足百米有异国风情的天主教堂，再向南几步路西是回车巷石碑，传说当年蔺相如避让廉颇，就发生在由西向东只能容一辆马车走的窄巷中。

99号院，是一座深宅大院。儿时我用尽浑身力气，不过才推开一扇朝西的黑漆木门，我用中指横在门板厚度上，竟然等同。关上门，映入眼帘的是雕花影壁墙，绕过影壁墙向左拐走十几步，再右拐是大约一百米长的瘦长巷子，巷子左边是前邻居家青砖房的后山，右边是至少三米高的青砖墙头，在墙头中部有大门口，跨进去是一个东西略长，南北稍短的长方形院落，有北屋和东西配房。西屋上面的带尖阁楼就是大姐家，十来平方的样子。

　　我和大姐住在二楼阁楼，阁楼的地板是老太太家的房顶，两家可谓骨肉相连，整座房子全是木制，地板是木的，墙体是木的。是个冬天，"鸡蛋皮"地叫卖声，把我从梦中唤醒，揉一揉眼睛说：大姐，我想吃鸡蛋皮，所谓鸡蛋皮，就是用鸡蛋加面粉加糖制成的像鸡蛋皮一样薄的小食品，那会除去买五香瓜子和麻花的，就是买鸡蛋皮的，我不喜欢瓜子和麻花，惟有对鸡蛋皮情有独钟。脾气温和的大姐把毛衣套在我头上，我三下五除二穿好裤子，站在床尾，来了一个青蛙跳，暗紫色的木地板，像醉酒的贵妃，摇晃得厉害。老太太尖利地骂声，从楼下抛砖头似的抛到二楼："楼上干嘛呢？不知道我们家老李有心脏病嘛？真是吃饱撑的！"我吓得一动不动。这样的咒骂，不是我偶然为之，是家常便饭。多年后，我一听天津话，立马就会想起这位老太太。

　　还有更令人懊恼的，蝙蝠总是在阁楼神秘出没。夏天的一个夜晚，我睡得正香，感觉被人抽了一巴掌，脸上火辣辣的痛，睁开眼睛，不见其人，似睡非睡，又是一巴掌，打开灯，什么也没有，是我假寐抓到了始作俑者。蝙蝠落在地板上，像一团揉皱了黑纸，走向前，它正用一双圆溜溜的小眼睛瞪着我，那凛然的气势，不像是它冒犯了我，而是我占领了它的地盘。我用夹煤球的铁夹子试图把它夹到窗外，谁知它像伞骨架一样的爪子，紧紧扣在地板上，还发出类似老鼠的唧唧叫声。白天查找整个屋子，确信没有蝙蝠飞进来的破洞，谁知晚上，不受欢迎的夜行者破窗而入，没精力与它斗智的我，索性用床单捂住头睡，热得出了一

147

额头的痱子，秋后才消失。

记忆中的99号院，只因有一件令我难以忘怀的经历，惹得我一次次去踏上城内中街。很遗憾，不知在哪一年，哪一月的那一天，99号院从城内中街"不翼而飞"，而挂着木牌的"慈禧行宫"和立有碑文的回车巷都"健在"。深秋的夜晚，三五个梳着马尾辫的小女孩，拉着装扮乡土气息浓厚的我，在弥漫着小米粥芳香的院里嬉笑打闹，有个叫二红的小姑娘提议玩捉迷藏。我摇摇头，说我帮她们看东西，于是沙包、毽子、脖子上的钥匙，统统摆在我面前。一块印有碎花图案的手帕遮挡住二红的眼睛，其余几人找自认为很安全的地方藏起来。二红用粗粗的声音问："藏好了没？"小伙伴们捂嘴窃笑。爬上天幕还没坐稳的星星和蹲在枝头的月亮，一齐用好奇的目光看着这帮无忧无虑的孩子。二红用手摸索了半天，没发现任何一个目标。

当时是无聊还是其他原因？如今我一点也记不得，我竟然主动接近二红，还将她牵到电线杆附近，悄悄后退回到原位时，只听"砰"的一声，电线杆把二红撞了一个趔趄，她倒在地上，一把撤下蒙在眼睛上的手帕，哇哇大哭。闯了大祸，想在二红家人到来之前逃回家的我，没走出三步，见二红妈从家里跑过来。这是谁了？除去我低下头，所有的小伙伴都说："不是我。"

站在月光下，不用说我一脸苍白。我设想二红妈会同我在乡下捉迷藏、不小心将小志撞倒的情景一样，一步步向我逼近，然后问我：为什么小小的年纪，就有那么多坏心眼？！我又怎能不害怕？可是，一切非我所想！

二红妈弯腰拉住我的手走向二红，她为二红擦泪，像没发生任何事那样，口气温和地说："别哭了，谁都不是故意的，是吧小红？"说"是吧小红"四个字时，二红妈声音是那样柔，像是我梦魇时母亲的安慰。

此刻，一向好脾气的大姐也从阁楼上下来，知道是我惹了祸，只是"唉"了一声，算是对我的训斥。那晚回到阁楼，我莫名地呜呜咽咽。老太太站在白花花的月光下，双手掐腰，仰着脖子用天津话喊道："楼上的，哭么哭？谁家死人了？"我的哭戛然而止，奶油色的月光在99号院逡巡，小院寂静下来……

多年来，我不信99号院消失的事实，无数次反复在96、97、98、100、101号门前徘徊。眼睛保持着与门框小蓝牌同等高度，这高度使我藏着病灶的颈部忘记酸痛。我嘲笑自己重复在同一条河跌倒，真可谓愚蠢，可我偏偏愿意做愚蠢之人。久而久之，这个场景牢固地刻在我脑海："我"抽身出来，看自己的肉身不相信自己的眼睛，极快地后退到的前一座院子的大门口，停下来打量蓝牌上的数字，没错，98号。肉身仍然不信，又极快地向前走，门牌号是100号，再向前是101号。"怎么只少了门牌99号？"

一只脚踩扁了紫罗兰，紫罗兰却把香味留在那人脚跟上，这就是宽容。不记得这句话是谁说的，它像是为我的量体定做，一次经历在我身上结出一种叫隐忍和宽容的品质，使我在它们的后光中，走向知天命之年。

不想喊疼

左肋疼，没有关云长刮骨疗伤时疼得大汗淋漓，也没有手脚冻伤感染、露出粉红色新肉心惊肉跳的疼，更不像迎接女儿出生时，疼得那般撕心裂肺，它只是若隐若现，像眼中进了沙子，手上扎了刺，总不舒服，但远远危机不到生命。

与人正说话，左肋被针扎了一下，立刻闭住嘴巴，正笑着，左肋隐隐的疼，笑立刻冻在脸上。提重物、疼，深呼吸，疼，咳嗽，疼，大笑，疼，大声说话，疼。

家人劝我去拍X片，我理由充足地一口回绝，肋骨即使骨折，又不能打石膏，知道与不知道结果都一样。医学上解释肋骨，是脊椎动物用来保护肺、心脏、肝脏等器官的骨骼，是整个胸腔的构架。受当医生大姐影响，很小的时候，学会画人体骨架，用一个套一个的铁丝圈替代人的两肋，且左右对称。多年后的今天，嗓子眼痒，非咳不可时，下意识用右手掌托住左肋，恍惚感觉手托着的是铁丝圈缝隙中挤出的脾胃、胰腺等脏器。好几次，差点被自己丰富的想像力笑出声来。

平日忙得跟上足劲的发条没区别，床在咫尺，却够不见，实在疲惫不堪时，把躯壳扔倒床上，面朝右侧，左手搭于胯部，右手拖腮，不出半分钟便入梦乡。受伤后，有了赖床的理由，却宁愿站着打盹。右侧卧时，总感觉受伤的左肋托不住内脏，要坠落。无奈，我慢慢翻身向左侧，尚未固定，左肋"吱吱啦啦"地抗议，疼得我咬紧牙关，头颅牵着脊椎后仰，把身体调整为向左45°角卧姿。不用说，这种悬着空的睡姿坚持不了多一会，我必须改为仰卧，没养成仰卧习惯的我，无论如何难以入眠，只好恢复右侧卧。

我仿佛看见一条不幸落到烧得通红的鏊子上的活鱼，开始它用足劲的跳跃，最终没跳出鏊子，不情愿地闭上双眼。自认为比这条鱼幸运，感觉身体实在酸疼时，索性悄悄起床。伴随着身体起床，思想也就醒来。有次，悄悄移步阳台，见对面有一户人家亮着灯，同住一个院多年，虽叫不上名字，可面熟。我不清楚他们的生活是否步入正轨？几年前，从他家窗口不断飞出的摔东西声和哭骂声，多次叫停我的创作。女主人哭骂的原因是因小三登门，逼她把男人让给她。婚姻不幸，何等痛？他人不好揣摩，从夫妻二人吵架时的生气程度，便知。

大脑异常活跃，想起前两年几个好姐妹聊天，说真不敢再坐飞机，你看频频出事。我说飞机哪能老出事？再说即使出事，也不可能被我赶上！退一步说，即使赶上了，遇难者的名单中未必有我。人就怕想得开，这样一来，反倒感谢碰伤我的转椅扶手。一切似乎是上苍注定，不然，还不知道自己有多坚强。那天，睡梦中的我被急促的电话铃叫醒，利索地翻身下床，疼得我拿起电话，吃力地说了声，"我碰了一下"，转身躺在床上，像死去一样。假如，转椅在转动过程中，把15°角的半圆形扶手头对准我胸口，那么，此刻，我在哪里？

死亡、肺癌，懈怠常人意志的词汇，在我受伤前后频频出现，现在想来，或许蜂拥而至的死亡消息，向我暗示着什么，只是我没有先知，

151

被忽略了，不然，怎能恰恰受伤的是保护肺叶的肋骨呢？先是梦见得肺癌而死的三姐，生前窈窈的她居然成了巨乳丰臀的女人，好像给我说了些什么，醒来后梦中的话，宛如水中月、镜之花，无法真实触及。大概看多了人世间的生死离别，一向在不论贫富、不论老少，人人最终要报到的集合点，难以控制感情的我，破天荒的没动声色。打那天起，至三天后摔倒受伤，陆续听见四个熟人因肺癌去世的噩耗。我宽慰他人，人生无常，且行且珍惜。

上班写稿，与同事们谈笑风生，下班回家洗衣、买菜做饭，没人知道站在他们跟前的我，是个骨折病人。心态何等之好！可北京举办奥运会那年，受伤的我，真不是这般乐观。我像一块胶泥，被看不见的东西操控在手，摔来摔去，心情沮丧到极点。最厉害的一次是安装清洗后的空调过滤网，从凳子上一个鲤鱼打挺，摔倒在地，摔得腰椎错位。当初母亲说，她听见一头牛被人撂倒，声音大得很！而后，在楼梯上，还连续摔过三次，一次左脚呈90度骨折，脚脖子肿得似面包，其他两次踩空台阶。那时，我算不清一天要哀叹多少次倒霉，喝口凉水都塞牙，打个喷嚏就骨折。

若说左肋不定时的疼，一点未触动内心软肋，那是假话。完成法制报约稿后，静静地坐在转椅上，独自发问，莫非这小小的肋骨骨折，要夺我之命？想到此，不仅周身乏力，连说话也没了力气，是女儿一个电话，使我强打起精神，她尚未步入社会，需要我继续为她遮风挡雨，我必须有质量地活着。互联网时代，不出门便知天下事，我敲下一行字，肋骨骨折的症状？多久愈合？有何危害性。N条结果以光的速度出现在我面前，点开其中一条：局部疼痛，并于深呼吸、咳嗽、喷嚏时加重疼痛。我确信自己肋骨骨折无疑。再向后阅读，感到心跳突然加快，伴随着手心出汗。网上是这样说的，肋骨断端刺破胸膜和肺，胸膜腔内气体经胸膜裂口进入胸部皮下组织，造成皮下气肿，或伴血胸、气胸时则有相应体征。

　　调出靖大夫号码，拨出去，接通后，简单叙说病情，他的回答和我的想法如出一辙，即使骨折，也只能等它愈合。建议我每天热敷两次以上，涂抹花油或活络精油，再内服中华跌打丸。行动是最好的执行力，穿衣出门，下意识用右手托着肋骨，两条腿却似踩上了风火轮，少顷返回单位，鸡蛋黄大小的黑药丸，三口两口进肚，我仿佛看见，裂开的肋骨一点一点的愈合。

　　一场级别不大的地震，以没有造成太大灾害宣告结束。

　　受伤两周后，我触摸左肋疼痛处凸出一块钱硬币大小的硬痂。我知道结果有两种，一种情况是骨折处愈合，另一种情况是肋骨错位，凸出。我依然没惊动任何人。

　　从一个多月后身体康复情况看，我属于前者。

举起手来

　　为挽救我一双并不秀气的手，吞下大把大把的黄色的腺苷钴胺片、白色的维生素 B1、褐色的木瓜片、舒筋活络跌打片等，还曾捏着鼻子灌下一碗碗中药汤。

　　那是近几年我喝到的最难闻的中药汤子，非酸、非甜、非苦，是鱼腥味包裹着甜滋滋的味道，颜色类似马、驴、骡子、牛等牲畜排出的体液。我硬是忍了，喝完，五脏六腑翻江倒海，似乎，它们被难闻的气息，呛到了。我还把手甘愿伸进黑褐色药汤子中浸泡，为的是手能消肿，谁知水波荡漾下，肿胀的手，一下子成了白骨架，几次，我试图睁大眼睛，看一看是什么原因，使我的手上的肉与骨彻底分离，可我看到的是我深陷的眼窝。手浸泡了七天，那位自吹自擂能治好糖尿病的"大师"，不但没治好我这个聋子，反而把我的病治成了哑巴，由一只手有病，发展为一双，由夜间难受发展为白天也不舒服，整个手掌像没蒸熟的馒头，一摁一个坑。

　　望着这双不会喊冤叫屈的手，内心波澜起伏。书橱内足有一尺多高的荣誉证书，浸满了它辛勤的汗水，还有我的两本散文集以及在国内大小刊物发表的文章，哪一篇不是它逐字打出来的啊！20世纪80年代末期，我由一家军工企业调入，打破了公安史上打字员不超过三至五年更换的惯例，一干就是十一个春秋。那时机关两名打字员，用的是笨重的铅字打字机，一字一字敲在蜡纸上，敲完后，抽出蓝色蜡纸和带格衬纸之间的棉纸校对，如有错误，需用涂改液涂抹错字之处，补充敲打出正确字后，进行油墨印刷。如果没有这双灵巧的手，我不会由工人身份，转干，并成为警察。每天工作量有多大，我难以用准确的词汇描述，反正两年多一点的时间，我从正常视力下降为睁眼瞎。日复一日，年复一年，我在啪啪啪啪的杠杆和铅字的碰撞声中，从稚嫩走向成熟。

那时这双手娇嫩得尚无一丝皱褶，它利索地把蜡纸夹在油印机的木框子上，右手推墨辊，印一张，推一下，每天如此。尽管手指、手腕沾满黑乎乎得油墨，可依旧掩饰不住它们的年轻与活力。添置掘井速印机后，手算是得以解放，但没电时，还得靠手卖苦力。我右手抓金属把柄，用不快不慢的速度摇动，轰隆隆，轰隆隆，两人面对面说话，必须抬高嗓门才能听见说话，在嘈杂之声中，手握摇把，目睹订制在计数器的份数为零，算为完成任务。职业习惯，渐渐让我由羞怯怯的小姑娘，养成说话大嗓门的假小子……

有生以来第一次长时间与医院打交道，竟然发现医生看病采用的是排除法，与刑警破案有异曲同工之妙，但缺乏后者的逻辑推理和连贯性。刑警破案首先看重的是现场，而后顺藤摸瓜，寻找犯罪嫌疑人。无论去哪家医院，见哪个医生，都复述一遍我先是摔伤了肋骨后手麻木的，医生极不耐烦地说，手麻木与肋骨没关系！既然否定了现场的存在，想破案，那简直比登天还难。极个别医生问我是否有颈椎病？我回答有。

像有人家里遭遇入室盗窃，警方首先怀疑是小区内有前科的人，我的颈椎被列为重点怀疑对象。这点没错，问题是它不是真正意义上的元凶，最多算是围观者起哄者，颈椎核磁结果3/4，4/5，5/6突出，压迫硬膜囊，但不会造成手麻木。

排除颈椎病作祟后，有医生怀疑起我的肾。肾炎患者大多脚肿、眼皮肿和手浮肿，我只符合手肿的特点，被拉去做尿检。结果尿检报告一出，医生自动为我的肾摘帽平反。走到此，大概医生累了，他拿着我的化验结果，一副迷惑不解的样子，待看见年龄一栏后，眼睛顿时闪现出流光溢彩，别看了，更年期综合症！我心想，如果警方在破案过程中，找不到杀人凶手，把罪责全推在有前科的嫌疑人身上，不知该有多少人被含冤入狱！于是，我想反问他谁能摔一跤，摔出更年期？到嘴边的话，咽了下去。我是去看病的，不是给医生置气的。

此路不通，另辟新径。急匆匆赶往某X甲医院。看见女专家的那一刻，我热血沸腾，心中暗自祈祷，但愿女专家能诊断出我的病因。如同祥林嫂遭遇不幸那般，啰啰嗦嗦叙述了一遍病因，女专家笑吟吟地对我说，你算找对人了，我从事免疫学、内分泌学以及植物神经学科的多年！再看我兴奋地险些上前去握住她白皙的手，大有影片中共产党人历尽千险万阻找到党组织的激动。

最近去过草原吗？没有。得过肺炎吗？没有。家里有人得过肺病吗？有，我爸死于肺结核，我姐死于肺癌。回答完，我头上渗出细汗，着实说我怕，怕自己被遗传。女专家一直保持着风吹不散、雨冲不掉的笑容，再一看电脑上显示的检查项，已经占满屏幕，检查费用不菲。她问我怕花钱吗？我坚定地摇摇头。

女专家拿出了初步诊断结果，怕我不接受，逐项解释。你看手肿，可能是风湿性关节炎、神经炎，也可能是风湿性官能症，如果这些都没问题，就得考虑是内分泌失调引起的。我笑着回答道，管它什么风湿、神经炎，管它是不是内分泌失调，但凡有结果，就能下药。医生，您说是不是？

等待是漫长的，十几项的结果今天一项、明天两项的出。我分明感觉到等待结果，如同一个犯罪嫌疑人，等待法院判决一样的恐惧和煎熬。终于化验结果全部出来，可喜的是它们均已"阴性"画上句号。

有一天，朋友的朋友对我说，没事把手举高点。我马上照做，惊奇地发现很久握不住的拳头，手指轻松地埋进手心。我终于舒展开皱了很久的眉宇。那一刻，抬头看见天很蓝，云洁白，樱花、杏花、李子花在春风的搔痒下，笑得前仰后合。

我又高举起双手，旁若无人地走在这座三千年不改城名的都市街头。不是以一个失败者的身份，而是以一种泰然自得的心态，迎接或喜，或悲的明天。

窗外

　　她望着窗外发愣！我顺着她的目光向外看，两排树身着迷彩服的法国梧桐树，并列着从东向西延续，活像喜欢玩风筝的人捆绑的巨龙骨架。在这座城市中，联防路、中华大街、陵西路、和平路、光明大街、滏西大街等等多条路段栽种了高大、粗壮的法国梧桐。梧桐树显然是这座历史古城的名片，也似乎外地的朋友只要提到邯郸，便会联想想起拥有硕大树冠的梧桐。

　　看什么呢梁姐？我说。看那些梧桐树！梁姐说完，泪水盈满了她深邃的双眸。我错认为她遇到了想不开的事，双手按住她浑圆的肩，请她坐下。她变被动为主动，说，看见那棵梧桐树了吗？我点点头，平时习惯以微笑和聆听出现在我视野的她，此刻，她像开启了容纳往事瓶塞，任由记忆中的美好，从瓶体中倾倒而出，她突然兴奋地说，那会我们厂子红火时，连麻雀都高兴，一群群地站在树上，唧唧喳喳，好不热闹。

　　整个世界，在她回忆的那一刻，全部静止。时光回到那年大雁南飞时，我和同事骑自行车到联纺路看麻雀，成千上万的麻雀汇集在一起，似乎要把天空遮住，树干、树杈、树枝、楼顶，到处是，声音高的超过汽车喇叭声，加上几个国棉纱厂的工人下班，那浩浩荡荡的队伍，把如十里长安一样的宽阔马路，堵得水泄不通。歌声、笑声，飘荡在城市上空。

真是世事无常。当梁姐青春不在，步入上有老、下有小的中年门槛时，竟从纱厂下岗。行走在梧桐树下的她，从此再也没看见成群的麻雀。

我抬眼向梁姐所工作单位的大门口望去，原本豪华阔气的大门口，几乎被烟酒摊，小酒馆、私人客栈挤得不见门楣。

春天里的伤感

　　三月的古赵邯郸已是玉兰、辛荑、连翘、海棠、樱花以及叫不上名的花儿、草儿奔跑着竞相开放的季节。二十余载，养成了一种习惯，每到这个季节一准会兴奋的连做梦都在闻花的芳香。

　　一切事物都在发展中寻找它们的运行规律，就如春夏秋冬，只有经历四季，才能迎来轮回。多年前的一个春天的早晨，我在东方阵痛、太阳马上诞生时，披一袭白衣来到人间，可我的出生并没给父母带来一丝欢乐，反而被姐姐们扣上大帽子，说是我陆续把奶奶、父亲引向了黄泉路。一个"克"字剥夺了我笑的权利，也剥夺了我对春天的喜爱。谁料，我孕育的生命，也恰是春天降临，她似乎有意扭转我的意识形态。春天与我，是希望，是新生。

　　伏案累了，依稀听见窗外被薄雾缠绕的高楼大厦，在轻轻哀叹，它们哀叹那些失信的开发商集体跑路，挟持了无数购买人的幸福，将他们推荐深渊。我伤感，连窗台上那些花儿也跟着泪眼婆娑。

　　从不爱至爱，再由爱至如今的伤感，我对春天的感情起伏犹如四季的轮回，理不清、道不明。

尤其是猪年的暮春时分，一辈子没有打过针的母亲轰然倒下，输氧、输液，可是效果并不明显，母亲照样不吃不喝，要么昏睡，要么说得全是故人，似乎那些故人都已复活。我顿感自己的春天在缩短，泪水如秋雨连绵不尽。有一天，母亲还亲自安排起她的后世，对大嫂说，问问韩家年龄最大的人，我（死后）躺哪里好？大嫂说，韩家没有年龄比您大的了。母亲马上说，那就问问外姓年龄大的。不仅如此，母亲还嘱咐我们，到那一天，你们都穿平常的衣服。我一看侄子一家三口和外甥女以及她两个女儿，穿得可谓姹紫嫣红。

很败兴的我，时刻做好回家的准备，一天，两天，老家传了好消息，红，咱娘今天喝了一小碗营养粥，真的啊？！我突然发现很久没有食欲的我，把盘子里的饭菜吃得山穷水尽。又一日，我回到母亲床前，她笑着说，我不想死哩！我破涕为笑。转而泪水婆娑，母亲这是不舍子孙后代啊，可自此躺在床上，是要受罪的。同样出生在春天的大哥却说，就是病娘，俺回家有个娘，心里也高兴。

单位同事谁见到我，都说，你瘦了。望着镜子里的女人，颧骨突出、下颌尖尖、肤色暗淡、憔悴不堪，险些没有认出她是我。

猪年的春天早已走远，我忍着悲伤，祈盼母亲在世的时光被上苍拉长。

黄金甲

　　两米的距离望它，疑似谁脱落的金项链，走近一看，原来是只小虫。白炽灯下，它娴熟地朝我的办公桌爬去，像是这里的主人。窗外，秋风正是乍起。

　　小虫尾部分开，六足，有触角和翅膀。小虫爬上我的电脑，左看右看，像真的看到了晨曦中的虞美人，兴奋地扑棱了一下翅翼。

　　取来一根棉签，故意触压小虫纤细的足和茸毛一样的触角。这样做远不止是恶作剧，有骨子里恃强凌弱的思想在作祟，我时而把棉签压在小虫的前足，时而又挪到后足。给予棉签的力量，绝不亚于房梁压在一个成人大腿上的力量，倘若是人，一定疼得求饶。可小虫一动不动，宛如刑场上的英雄，顿时，拿棉签的手像被马蜂狠蜇了一下。想起母亲描述五舅被捕的画面：灌辣椒水、站刺笼、热铁烙身的折磨，皮开肉绽，疼得死去活来，却一直像熟睡。气急败坏的日本鬼子又把五舅装进麻袋，交给了凶残的大狼狗。我在想，是五舅命大吗？不，正是与这条小虫一样，没做徒劳的挣扎。夜半人静时，五舅从死人堆中爬出来，去了地下交通站，保存了活动在华北东南部一带的八路军游击队力量。

得到自由的小虫，淡定地伸展下腰身，大摇大摆地从屏幕上走下来，在我视线一尺之内，停下，高人打坐般入定。

一天，同事说："咱屋里的黄金甲不见了。"我愣了半天。

漫水桥

走到村桥头，我一怔：这么多村民，也要搭车进城？我还没反应过来，工作组小高已感动万分地迎了上去。

原来，村民们是要给工作组送行。

我心头一热，联想到前两天进村时的情景。男男女女扛着农具，有一句没一句地说着话，距我三五米时，像躲避瘟神似的躲避我。

听小高说，他们刚到南坡村时，村民们也是这样。据说，原因要追溯到砍"资本主义尾巴"的年代；最典型的是，漫水桥头李老汉家那棵祖传的老梨树，也被工作组给"砍"掉了。李老汉临死前，在老梨树处立了块"纪念碑"。

村民们对一切进村的陌生人保持着警惕。我就遭遇一位大娘的盘问。可当我回答"是工作组的"，她转身从家里拿出两颗圆溜溜的雪花梨，硬要塞给我。

村民们对工作组态度转变了。用那位大娘的话说，工作组帮村里人种玉米、插稻秧，晚上环绕村庄巡逻，还为李老汉家引进了优质雪花梨，栽在了他立的"纪念碑"处。特别是为村里修了桥。

眼前的桥,有个很浪漫的名字——漫水桥,过去承接的却不是浪漫。每到汛期,桥被漳河之水淹没,五个村的村民被困家中。结婚的小伙儿,只得出大价钱租来铲车,让新娘站在车斗内吊过河。若是谁家老人得急病,只能听天由命。

送行的有老有少,有男有女,站立桥头。地上摆满核桃、柿子、黑枣等。见过面的那位大娘提着一篮子雪花梨。小高说她就是李老汉女儿。

我的眼前起了好大一片雾。

六月

　　快拿桶来！挑水的大桶此刻又派上新用场，接从屋顶漏下的雨水。但凡能盛水的容器，都已摆在地上。六月，老天不吭不响下起了连阴雨。母亲望着窗外，一声接一声地叹息，可丝毫没引起二哥的注意，他自顾沉浸在自己的世界里：奶奶，您听我说，我家的表叔数不清，没有大事不登门，虽说是……

　　滚，唱什么唱，麦子倒地里了，没饭吃了，看你还使什么买砖？不买砖使什么盖房？不盖房使什么娶媳妇？母亲眼中的火，顿时烘干了屋子里的湿。

　　六月，麦收季节。我站在老家的大院子里，尽管往事仿佛发生在昨日！但户口上姓农的二哥，和许多同龄人一样，已经忘记何为日出而作、日落而归！自然与母亲当年的处境不同。侄子也进城打工多年。二哥住的水泥顶房，即使老天下上一个月的雨，那些锅碗瓢勺，都不会改为他用。

围绕村子走一圈，遇到一位本家叔叔，正望着气派的高门楼连声叹气。我说，叔，放着好日子不过，干啥唉声叹气的？看着这房子心疼啊！这房子就老大结婚时住过半月，这不造孽啊，更可气的是县城里的楼房也闲着长毛了！如今乡下人家娶个媳妇脱层皮，女方结婚要求男方不仅在乡下有独院，还要在县城买楼房，不然，免谈。

叔叔说完，又来了一句：造孽！

是呀，这岂止是造孽！盖房买楼少说得五十万，让当爹做娘的去哪里筹钱？去年入冬时的一幕，立刻浮现在我眼前。公交车上一条讯息正滚动播出，说批发商从农民手中收红萝卜一斤给八分，农民哭了！求助好心人解燃眉之急帮忙。后来我去了市场，谁知摊位上红萝卜整整翻了十倍。那一刻，我心阴沉的超过即将下雪的天。自此不再底气十足地指责农民不种地、不乐意种地！

一片望不见边的"庄稼"替代了我记忆中的金色麦田。据说是京城一家奶业公司种的草，专门用来喂牛的。

姐妹

妹妹，大眼睛，深眼窝，一头乌黑卷发。

姐姐，淡眉细眼，头发少得像清汤挂面。

妹妹每照一次镜子，好奇地问，姐姐，为什么我和你长得不像呢？

姐姐笑着回答，等你长大了，就像了！

多年过去了，妹妹的相貌与"姐姐"依然有天壤之别。妹妹，大眼睛，深眼窝，只是一头乌发被岁月染成了芦花。姐姐，淡眉细眼，头发较年轻时更少了。

妹妹不再追问姐姐为何二人长得不像了。她知道姐姐最恨日本人，日本人烧了她家的房子，害得她小小年纪背井离乡，最后不得不委身于大她十多岁的穷男人，过着看不到曙光的苦日子。而自己恰恰是日本人的后裔。

妹妹开始背着丈夫，偷偷打听海那边亲人的消息。她必须背着，家门口那块"烈属光荣"的牌子，是大伯哥用生命换来的。可始终未果。

姐，你咋就不记得我爸妈叫什么名字？我想"回家"。

你想回家，那些死在战场的人，又何尝不想回家？

姐姐的话掷地有声，妹妹泣不成声。

时光之快，姐妹俩先后步入老年。姐姐佝偻着背，在孩子们的陪伴下，去探望瘫在床的妹妹，她摩挲着妹妹的灰白卷发，哽咽道，一辈子不知道爹娘是谁，不知道家在哪儿，苦了你了。

妹妹从枕下取出一张被岁月打磨掉光泽的黑白照片，认真地说，姐姐，你看咱俩跟咱娘长得多像啊！

太阳雨

清明时节雨纷纷，过了清明依旧阴雨不断，整个世界阴冷阴冷的。

朋友说想必那个女人更冷。年过半百的她，处在官司表面赢了、实则"输"了的尴尬地步。

几年前，丈夫高价租下期限很长的临街旺铺，像是故事中出远门的男人那样，为懒媳妇烙了一张大饼，套在了她脖子上。

之前，她和女儿一直吃着这张饼。除去饼，再无其他东西可吃。因为丈夫猝然离世。

不久前，物业的人想撕毁与她订立的租赁合约。不知哭过多少次的她，终于擦干了眼泪。法庭上，她与被告，并未各执己见，一个赢得顺理成章，一个败得理所当然。她走下法院高高的台阶时，太阳向大地撒了一把碎金子。

"宝贝，妈告诉你一个好消息，官司赢了。"

很长时间，她与女儿回到家中，总是泪眼相见。那天，她在丈夫的遗像前，紧拥女儿，笑了。

"您家门市出租吗？我做时装，愿意出高额租金……"她接到这个电话，仿佛看到了女儿上辅导课的费用。

门市重新租出去那天，一场雪洋洋洒洒，盖在耀眼的迎春花花苞上，衣衫单薄的她，一点没觉得冷。幽深的巷子里，只有她和自己忽长忽短的影子。突然，又一个影子慢慢与她重合，来不及躲闪，噼噼啪啪，一顿闷棍，她昏过去。继而，家里的锁不是被胶黏住，就是大门被人焊死。

"劝她退一步吧！"我对朋友说。

朋友说她报警了。

我纳闷自己怎么会说出那三个字？

窗外正下着一场太阳雨。

第六辑　海之胸怀

"小日本"

和华北平原的很多村庄一样，我们村也属于东西长，南北短的布局结构。不知从何时起，在"丁"字的"一"与"丨"的接壤处形成了街心。冬天，老人在这里晒太阳，中年妇女们在这里聊闲篇，孩子们在这里踢毽子、抽陀螺。每到吃饭点，由小庙改成的第一生产队大队部北墙根，一蹲一排，他们端着比脸庞还大的粗瓷碗，一边往嘴里送饭，一边议论发生在村里的新鲜事。当有人曝出谁家的儿子当兵提了干，谁家刚把猪卖了个好价钱，几乎所有人看着他，商量好似的一齐发问：真的假的？街心无疑一个小社会。

就在街心，我听蹲在墙根拉家常的老头们压低声音说"小日本"来了，尔后一哄而散。"小日本"慢悠悠走到街心时，连只低头找食的麻雀都不见，只好垂头丧气地沿原路返回。那时，我格外怕这个凶老头，我听到关于他的传说：把媳妇吊在大梁上，用自制的小皮鞭抽，直到媳妇求饶。还听说，"小日本"趁夜黑风高，逼着走路一摇三晃（三寸金莲）的媳妇，从黑洞洞的井口迈过去。听多了，我为"小日本"画了幅肖像：

鹰钩鼻，三角眼，血盆大口，一双铁锚大手握着皮鞭。

雨后，天蓝得如湖水一样清澈，到处弥漫着青草的芳香，红彤彤的太阳顽皮地在树杈上打秋千，只片刻时间，袅袅炊烟从农户家升起，打破了先前的静谧。来到街心，空无一人，想起春天母亲带我去舅舅家的情景：风好大，漫天黄沙，吹得人睁不开眼。于是寻半截小木棍，在地上画起画。梳齐耳短发的女人骑自行车带着梳羊角辫的小女孩，在两旁种了柳树的土路上吃力地前行。女人上身几乎趴在车把上，头发向后飞着，小女孩用食指捂着眼睛，从指缝中向外看。

"应该把柳树的枝条画得也向后吹。"随着舒缓好听的男中音落地，一双穿着黑色礼服呢鞋子的大脚，出现在我低头的视野中，待我抬头一看，顿时吓得"啊"的一声尖叫。奇怪的是，眼前的"小日本"并不是我想像中的模样，慈眉善目，像电影中的正面角色。可我还是站起来撒腿往家跑，生怕跑慢了，身体还没一袋面重的我，被他背回家，吊起来拷打。我边跑边回头，见"小日本"蹲在地上画着什么。"咕咚"，额头狠狠地撞在家门口堆放的青砖垛上，疼得眼冒金星。带着核桃大小的包，回家向母亲哭诉，以期得到母亲的安慰，谁知母亲反问我，"小日本"吃人？我摇摇头。不吃人，那你还跑？我带着哭腔回答：街里人说他厉害！母亲生气地说："街里，街里，街里人说他打死人了，你见了？"我无言以对。

那时，我没上学，不知道有个成语叫道听途说。小村里的新鲜事，都是在街心听到的，而第一个在街心传播的人，又是听外村的人说的。正如俗话说的那样，话越捎越多，东西越捎越少。之后在街心听见什么，保持缄默，不问、不传。一次就是教训。

第二天，在我的画左边有一行字。可惜我只认识"好"字。村里的文化人二爷说上面的字是：画得好！要是把柳树画出被风吹起来的感觉，就更好了。我这才注意到，画上的柳树枝条，由齐刘海，改成了斜刘海。

我知道是"小日本"所为。

此后，每逢见"小日本"从臧家盘缓缓向东走来，我便悄悄躲到"一"字处，偷偷窥视怪物"小日本"，只见他淡眉杏眼，高挺鼻梁上架一副金丝眼镜，白胡须长得掩盖住下巴，一条长辫子由后脑勺垂至腰际，整个人给人的感觉是斯文。他如一尊汉白玉雕像，上身笔直，两腿并拢，双手搭在膝盖上，双目微闭，似沉思，又似冥想。

我开始怀疑那些传说。

"小日本"真名叫什么，我并不知道。打记事起，我听到的只要他的绰号。关于他绰号的由来，传说是这样的：说话总是之乎者也，叫人听不懂，跟小日本没区别。

二爷不这么说，他说"小日本"文化底蕴深厚，讲老子的《道德经》，又拉呱（讲故事的意思）说孙膑的《孙子兵法》，之乎者也，自然难免。问题是村里人大多没文化，像听天书，所以毫不顾忌地给他起外号，制造各种诋毁他人格的谣言，比如虐待妻子，谁又见到他殴打妻子、逼迫妻子迈井口了呢？再有，同样的颜色的衣服，穿在"小日本"身上，就变了味。

的确如此，炎夏，坐在"丁"字街"一"字处的爷们，使劲嗒扇着蒲扇，但见着一袭白衣的"小日本"缓缓向东走来，忘记谁说了句"真他娘的不吉利，跟孝子没区别"，人们一哄而散。到了冬天，"小日本"换上黑色长袍、同色马褂和毡帽，在街心北墙根晒暖的男人们看见后，起身拍拍屁股上的土，丢下一句"晦气"，各自回家。他们显然把着一身黑的"小日本"，比喻成了老鸹。

懂了，便知道这是国人的劣根性！

"小日本"家住臧家盘。我们村建于明朝，韩姓、李姓先到此地，臧姓较晚，他们发展快，起名臧家庄。后因距离南边村南辛庄近，在其北侧，更名北辛庄。村里的老人们人习惯称臧家胡同为臧家盘。臧姓在此盘踞，一户受气，全家族人上。有年，臧家盘一小男孩学骑自行车，撞倒村支书的小舅子，支书小舅子小时候得过小儿麻痹症，落下后遗症，人背后喊他小拐子。小拐子从地上爬起来，高举拐杖想打臧姓小男孩，就见臧家盘男女老少，手持铁锹、木棍、红缨枪，跑着喊着，那架势硬是把有"国舅"之称小拐子，吓得尿湿了裤子。

初冬时节，大人孩子喜滋滋地传播着"小日本"死了，没想到臧姓家族同样持喜滋滋的态度。以往，臧姓家族一家死人，戴孝帽的一跪半条街。为"小日本"守灵的只有上了年纪的外甥和媳妇，但脸上没有写着一丝的痛。同族人聚在一起，谈天说地，似乎，他们是在参加同族人的喜事。

人死如灯灭吗？村里没人再拿"小日本"吓唬孩子们，我们在月下玩捉迷藏、讲鬼故事，直到爹娘兄姊喊着让回家，还恋恋不舍地离开街心。

傻老底

傻老底家有低矮的土墙和做得很精致的木栅栏，晚上躺在炕上看星星的玻璃天窗，我说他家是世外桃源。

有一年重阳节，傻老底院内乳白、暗紫两种颜色的菊花开得正艳，他用浑厚兼有沧桑之感的声音吟诵：结庐在人境，而无车马喧，问君何能尔？心远地自偏。采菊东篱下，悠然见南山。山气日夕佳，飞鸟相与还，此中有真意，欲辨已忘言。当时，母亲领着我去他对门邻居——数学老师问考试分数，没听见老师怎样说我的，却记住了这首陶渊明的诗。

我挣脱母亲的手，去看傻老底干活。他开始剥玉米，玉米尖统统朝下，齐刷刷绑在了树干上，一会功夫，把光秃秃的树干布置成金色菊花的花坛。做完这些，傻老底似乎觉得小院中的烟火气息还不够，转身到里屋端来一簸箕红辣椒，用做被子的大针，串上纳鞋底的绳子，把红辣椒串成两条大辫子，挂在木格子风门两旁。刹那间，灰头土脸的门口像贴了迎新的春联。我自认为得到真传，回家后效仿傻老底往树上绑玉米，折腾了一天，最后以失败收场。至今，我没搞懂怎样能把玉米牢固地绑在树上。

十多年前，我凭借对傻老底世外桃源的印象写过一首十四行诗《黄昏农庄》，遗憾的是因家属院反复停电，电脑硬盘无药可救，丢失了它。几次想重写，无论如何找不到当时的感觉。大概在前年，我学着傻老底的样子，串起散落在阳台上的干辣椒，挂在阳台门框上时，浓浓的乡土气息，替代了城市现代化的苍白。最近，我在家中养了盆菊花，开金黄色的花，时常用凋零的花瓣泡水洗眼。有明目作用的菊花，果然发挥了作用，看东西不再模糊。我还喜欢上坐在飘窗上的蒲团上读书。楼下有扭动着腰肢跳肚皮舞年轻女子，有挥动浑圆臂膀锻炼身体的中老年妇女，还有奋力抡起皮鞭抽打电陀螺的老头，尽管如此，我仍把喧嚣留给了他们，把书香留给了自己。

傻老底在我眼中不是农民，是艺术家，是隐者。虽然他穿粗布盘扣上衣，大档裤子，可依旧掩藏不住那股潇洒和骨子里的浪漫。一双浓密的剑眉下，是潭水一般深邃的大眼，他鼻直，口方，络腮胡，黑红脸膛。身高，过谁家门口，都要低下头。大概过于高的原因，他背微驼。头上顶着少许灰白卷发，疾走如飞时，头发宛若墙头上被劲风吹动的杂草，忽而左，忽而右，但他性格坚毅，思想观点从不受外力左右。村东有块洼地，十年九淹，分给谁，谁都不要，傻老底抓阄抓到东面块洼地，欣然接受。有人说："凭什么你不对大队讲条件就接受？这不是傻是么？"（么，是老家土语，指什么的意思）。傻老底不以为然地回答："你不要，我不要，总得有人要，干嘛那么尖薄？"

我家出门向东，能看见傻老底分的那块洼地。当春风中把夹杂着泥土的芬芳和土家肥的臭味，吹到家家户户，人们重新启动祖祖辈辈日出而作，日落而归的模式。只见傻老底整个春天不是起土把洼地垫高，反而推了一小车又一小车的土去加固多年失修的河沿。到了汛期，河水像降伏的小兽，头也不回的一路乖乖向北。没有后顾之忧的他，秋后播种麦子，来年春天又栽下玉米、高粱、芝麻和黄豆。麦收季节，傻老底忙得顾不回家。说起来，傻老底已是七十古来稀，同龄人早已坐等吃闲饭。

秋后，傻老底在自家的院子里，用洁白的棉花、金黄色的玉米、铁锈红的高粱和浅土色的黄豆，把正方形色块填满。他真像色彩敏感的油画大师。

有人眼红，怂恿队长重新抓阄，被傻老底打理成肥田的洼地，别人拿走了。傻老底没有半句怨言。当一个地方衡量是非曲直的标尺出了问题，这里的善良和正直，会不复存在。

傻老底的名字来源于总说一些与身份不相符的话、做一些出人意料的事。有次在街心吃饭，他说明天惊蛰。吃饭的人把目光投向他，他们不关心惊蛰惊醒了谁，只关心自己的一亩三分地咋能多收点。核心人物小河，跟喜欢在人多地方出人丑、揭人短的鑫，递了个眼色，接到信号的鑫马上问："老底，惊蛰该干么了？""别慌，你听我说完，蛰是藏的意思，惊蛰是指春雷乍动，惊醒了蛰伏在土中冬眠的动物。""老底，你惊了没？"惹得那些老少爷们一阵哄堂大笑。傻老底自然不傻，他"腾"地站起来，急得有些口吃地说："瞧你，哪有把人当牲口比喻的？"说完，继续重复着这句话，头也不回地回家去了。

我自幼吃东西挑三捡四，西院二爷说我应该投胎到城里。多年后，我到了城市，二爷却钻进土丘。二爷是引领潮流的人，他喜欢穿四个兜的中山服，在左侧上衣兜中插一根派克笔。外号二瞎子的二爷，那会就戴指甲盖大小的塑料片（隐形眼镜），冬天，他喝温酒，夏天，他煮冰糖菊花茶。如果说二爷的文化是摆在书柜的书，那么傻老底的文化就是盛书的柜子。无论傻老底是下地干活，还是在家扫院子，干杂活，名著不离口，对《水浒传》《西游记》《红楼梦》《三国演义》中的人物熟悉得张口即来，似是唤自家孩子。我喜欢听他讲三国，一人时而模仿曹操，时而学孙权，时而又饰演刘备，就连大乔小乔出场时，他也会阴柔下嗓音。讲到《空城计》时，马上就是诸葛亮附体，拿笤帚疙瘩当古琴，唱起"我本是卧龙岗散淡的人，论阴阳如反掌保定乾坤。先帝爷下南阳御驾三请，联东吴灭曹威鼎足三分。官封到武乡侯执掌帅印，东西征南北剿博古通今。周文王访姜尚周室大振，汉诸葛怎比得前辈的先生。闲无事在敌楼我亮一亮琴音"，而后"哈哈哈"大笑三声。

不知不觉中，我做人的标准，距离当年的傻老底越来越近。在单位承担了他人不乐意接受的工作，被人说傻；甘愿清贫，朋友说我笨。我不以为然。做一个散淡的人，与职业、物质无关。

海之胸怀

她把手横在自己胸口处，神情凝重地对我说，红，那孩子打听到咱家，个头到我这，喊我大娘，喊得我心软，赶紧给孩子煮了一奶锅鸡蛋，又塞给他个钱，让他走，谁知孩子跪下来，对我说，大娘，我还会再来的……

这番话出自任何人口中，我都不会吃惊，唯独出自她之口。那个孩子是她丈夫与另一个女人生的，女人是我儿时玩伴，叫小L。

近三十年来，但凡回老家，远远看见她，我一准绕路而行，我怕无意中说话撕破她的旧伤，多年前她丈夫跟人跑了，跑得有病回来，死在她跟前，村里人笑话她没见过男人。这次是我搀扶母亲在胡同里走，阳光照在母女二人后背上，暖融融的，我问母亲在乡下是否住得习惯，恰好遇见她推一辆旧自行车从家中出来，只好寒暄一番，她把话题引到小L和那个孩子身上。

当年，她丈夫和小L先后从村里消失后，村里人就说二人是私奔，她不信，以至女孩家到她家要人，她说捉贼捉赃，捉奸捉双，谁也不能空口无凭。她希望这是一场误会。问题是现实不会因为她的个人意志为转移，村里有人见到过她丈夫与小L的踪迹，二人私奔后的遭遇，成为村里人谈论最多的笑柄，连三百多里外的我，也听得一清二楚。说她丈夫身携万元现金，带女孩住店，因住宿要介绍信，放不上桌面的私情，不敢向枪口上撞，去租民房，房东看二人年龄悬殊，话都懒得说，而是像轰鸡一样往门外轰赶他们。自认为有钱便有一切，岂料，有钱硬是解决不了他们住宿问题。后来两人像盲流似的住在农人搭建的窝棚里，一日三餐靠买。天长日久，口袋里的钱越来越少，争执越来越多，以至后来没钱买吃的，去地里偷西红柿，丈夫一只眼被人打瞎。再后来二人沦落到生孩子、卖孩子的地步。

　　没有生活在真空中的她，耳朵势必会听到墙外杂音。可听到又怎样，想质问丈夫伤害她和孩子的理由，可又去哪里找寻他？她后悔当初不听父母之言，执意嫁给脑袋瓜灵活的他，正是他的灵活。不愿意重复祖上土里刨食吃的苦日子的他，别人下地的时间，他到皮革基地去运输碎皮子，让大姑娘小媳妇们按照规定的尺寸缝制，他从中盈利，很快他成为带领村民致富的名人，家里的土墙烂瓦摇身一变为令人羡慕的带抱厦的五间头青砖房，他每天高兴得想飞，果然有一天，像风筝离开了她的视线。

　　她不是没有发现丈夫出轨的端倪。她发现他没事总喜欢去L家，旁敲侧击过他，别没事去人家姑娘家，叫人笑话。他却有说辞，作为老板，有责任去看每位工人缝的皮子是否符合尺寸，针脚是否稠密，只有这样才能使他拿到更多的订货合同。能说会道的丈夫三句两句，把破绽堵得严丝合缝。

　　鲁迅说，勇者愤怒，抽刃向更强者，怯者愤怒，却抽刃向更弱者。人到无聊，便比什么都可怕。她去井里挑水，前脚走，有个老光棍故意抬高嗓门，对她的背影说，长得磕碜，倒贴，还嫌恶心。原因是有人劝她改嫁，她婉言谢绝，于是遭此人格侮辱。她没有勇气从人前走，可地里的庄稼等她打理，她只能听人冷言热语，两个女人故意大声你一言我一语，真缺德，是呢，太缺德了，老头子把人家好生生的大闺女拐跑了，她还有脸活着，若是我，早一头扎井了不活了。

　　她确实想过一死了之，尤其是一次次被人语言羞辱后。村里的某某家跑到她家，亲切地拉着她的粗黑大手，她认为她来关心自己，来人先是叹气，后用埋怨的口吻说，也真是的，你怎么连个男人也看不住，让他出去找破鞋，多丢人啊。她的谢字没说出口，见某某家嘴角流露出一丝不易被人察觉的笑，笑中藏着嘲笑。

　　她的心在滴血，可还是收起寻死的勇气。倘若她死掉，幼小的儿女该怎么活？儿子放学回来抱住她大哭，说那些读高中的大孩子骂他是大流氓的小子，是小流氓。她搂紧儿子，任泪水长流，一句安慰的话也说不出来。她清楚这个词对孩子幼小心灵的伤害。那还是传统思想占主流的年代，破鞋，流氓这些词汇尚未退出历史舞台，不论男女，一旦被人冠上不雅字眼，那是让泉下有知的老祖宗都感觉蒙羞的。

　　她似得了失语症，拉着儿女像之前那样，把身体焊结在庄稼地里，浇地，播种，除草，打药，收获。每天夜幕四合，和儿女们潜伏回家，承受着生活之重。

　　是时光冲淡了她的创伤？还是她得了健忘症？没人知道。但我清楚，一个人忘记另个人对她的刻骨伤害是困难的。我问她，为啥对那孩子那么好？她淡淡地回答，错在大人，孩子是无辜的。说着，她又用枣树皮一样皲裂的老手，冲我比划了大概一米五的高度，眼圈随之有点点泪光，她的声音中带着叫怜悯，说，小L可怜，成这么高了。那一刻，我再一次被震惊。继而，在思考一个问题，当年把幸福建立在她人痛苦上的小L，若是知道被她伤害的女人，有海之胸怀，该作何感想？

无悔

魏局长用低沉的口气说："我去慰问牺牲民警××家属时，发现他的照片，还被摆在家里最显眼的位置，于是我上前三鞠躬……"话音未落，只见有着绰号"硬汉"之称的孙保堂主任，泪水浸满了眼眶，大家也跟着流下眼泪。原本轻松愉悦的气氛，顿时凝固成冰。

是怎样的情怀，令这位遗属如此敬重她的警察丈夫？我想这正是魏局长给烈士鞠躬的理由，也是他对家属敬重的理由。我清楚孙主任为何动容，那时刻，他一定想起了一直将其视作自己孩子培养的姜国梁。国梁是烈士姜书之子。1981年5月29日，姜书在追捕持枪杀人犯周兰普案中，中弹身亡，生命的年轮永远定格在二十六岁上。怀孕在身的姜书妻子痛不欲生，几个月后，随着一声洪亮地啼哭，她望着烈士的遗骨，流下两行清泪，哽咽道："儿子，你爸早给你起好了名，叫姜国梁，长大了做国家栋梁。"

时光在国梁身上飞快即逝，转眼到了填写志愿的时候，他的母亲毅然帮他选了警校，四年后，迈进警营门槛，那一刻，他的母亲给予希冀和厚望，那就是成为一名优秀的人民警察。不用说，姜书母亲跟魏局长提到的那位遗属，有共同之处，那就是对警察职业的爱戴和眷恋。

国梁虽没机会聆听父亲的谆谆教诲。但他有一身正气、做事果断的孙保堂叔叔为榜样，还有无数像父亲那样，在关键时刻为了百姓利益和生命安全，不顾个人安危，冲上去与犯罪分子搏斗的叔叔们的鼓励，促使国梁无论在那个岗位，都任劳任怨，之后他到警务保障处，没白没夜得忙，为全局挑起了无忧担，为民警当起了好后勤。

"果然是烈士之后！"多年后人们无不赞叹国梁。似是天妒英才，三十七岁的国梁不幸得了尿毒症，去年，在北京进行了手术。

有人说国梁是累的。我知道后问在家休养的国梁："没日没夜的忙，后悔不？"他一点不像一个病人，笑着说："不后悔，我叫姜国梁，不做国家栋梁，做什么？"

倘若姜书泉下有知，定会为拥有这样的好儿子而骄傲。姜书生前就是这样做的，唐山大地震那年，一车皮一车皮伤员转移到邯郸，姜书发着高烧，硬是坚持三天三夜维持秩序，直到伤员全部安置妥当，他才撤岗。他在街上执勤，帮助迷路的老人、孩童，更是不计其数，他帮忙找亲人，赔钱打时间，看着老人、孩子与家人团聚，他笑着悄然离去，他说施恩图报非君子。一个班上同事身体不适，或家中有事，他二话不说替班，从不计较个人得失，更无悔自己的选择。

不计较个人得失的姜国梁不是个例，普天下的警察，为了社会的和谐稳定和人民群众的安宁幸福，在每一个危难面前挺身而出，与邪恶较量而不惧牺牲；普天下的警察，为每一次处警排查尽心尽职，保辖区平安而不辞辛劳；普天下的警察，守卫每一个平凡岗位默默奉献，为人民服务而不吝心血。这是任何一种职业都难以胜过的高危职业，据资料记载，新中国成立以来，共有一万四千名民警（辅警）因公牺牲。2013年，全国人民警察因公牺牲四百四十名；2014年，全国人民警察因公牺牲三百九十三名；2015 年，全国人民警察因公牺牲四百三十八名；2016 年，全国人民警察因公牺牲三百六十二名；2017 年，全国人民警察因公牺牲三百六十一名；2018 年，全国人民警察因公牺牲三百零三名。

从警三十多个春秋，我从未听见哪位警察抱怨过选错了职业。他们没有豪言壮语，有的是对党忠诚，对人民爱戴的朴素情怀。

忘忧草

西院阿姨种了很多萱草。萱草又名黄花菜和忘忧草,因为开黄色的花,能食用,故名黄花菜。而另名忘忧草,是代表忘却一切不愉快的事。

阿姨院子里的萱草是大叔抛弃她那年种下的。大叔早年相貌英俊,小有才华,一步步由小科员成长为某大局领导。地位的变化,使他厌倦了与他青梅竹马的阿姨,与一位年轻漂亮的女人发誓风雨同舟。不愿意放手的阿姨哭着种下十株萱草。夏天到来时,萱草的花在阿姨心里摇曳。

萱草开了一年又一年,阿姨像萱草的寓意那样,忘却了忧愁。时光无情,一眨眼过去二十多个春秋。是冬天,得了脑血栓的大叔,被他结伴同行的漂亮女人扫地出门。大叔回到阿姨身边。

又是萱草装扮庭院的时令。乘凉的我隔墙听见阿姨奚落大叔:"瞧瞧,到头来还不是我来伺候你,记得你当初说我什么不?说我丑,说'狐狸精'是你手心里的宝儿,今咋不让你那手心里的宝儿来伺候你了呢?"阿姨的声音很高,越说越气。我去劝说阿姨,大叔的头埋进胸前,泪与口水汇成涓涓小溪,流淌到他那不听使唤的左手心里。阿姨急忙拽下搭在肩上的毛巾,为大叔擦了又擦。

院子里的萱草在风的鼓噪下,时而点头,时而摇头。

此情可待成追忆

　　周遭一片寂静，偶尔有一两声"布—谷，布—谷"和"啾—啾—啾—啾"的鸟叫声，从远处传来，惹得树梢一阵鼓噪。阳光从树枝的缝隙中投射在草坪上，像无数追光灯追逐嬉戏。一条不足一米宽的羊肠小道从西北缓缓而来，向东南方向的延伸。仅凭对这条小道的记忆，我排除路南边目测二十米的那座坟是父亲的，小道北边还有座坟，同样披着翠一样的绿，直觉它还不是父亲的，父亲的坟在哪里？以我为圆心，向四周辐射，同样大小的坟有好几座，我和同样拥有父亲基因的重侄、重侄女，傻傻地站在小路上，既不敢向左，也不敢向右。

　　刚参加工作时，母亲说，为你爹立块碑吧。为父亲立碑，猜母亲是想让父亲高兴，她含辛茹苦把我养活大，而我已经长大成人。父亲当年执意走向那个世界时，我才三岁。三岁的孩子，哪有生死概念？父亲得了肺结核。结核病被称为痨病，中医指积劳损削之病为痨，又称为"穷人病"。鲁迅的《药》中的华小栓，曹雪芹《红楼梦》中的林黛玉，小仲马《茶花女》中的玛格丽特，都是结核病患者。父亲在长一声短一声的叹气中，抱怨自己还不如死了好！母亲理解父亲，作为家里的顶梁柱，不能发挥任何作用，还要拖累全家，只能眼看着十七岁的大哥，跟大人们一起响应主席"根治海河"的号召，去挖河，以期为家中多挣些工分；只能眼看着15岁的二姐跑到外村上树捋菜，然后骑自行车到集市上卖掉，把钱交给母亲，母亲请来郎中，为他把脉后开出中药方。父亲心里的苦，不用说比白瓷碗中浑浊的药汤还苦，他摇摇头，发出一声带颤音的"唉"。母亲说喝吧，喝了病就好了。父亲把脸埋进碗中，却看不见他喉咙滑动。是父亲听见我在喊他吗？不然他咋会突然抬起头看着我，说，我得不了小红的济。坐在小板凳上的我，站起来哭着钻进母亲怀中。母亲阻止父亲，别瞎说！真的。父亲说。

父亲死之前病了足有一年，用母亲的话来说，经过吃中药调理，你爹的病见好，是他跑到大队部要存款，惹了一肚子气，回来没多久死的。

父亲的死是我噩梦的开始。我怕黑夜，黑夜到来时，我的心揪得老高，发根竖起，脊梁骨像被西北风吹得阵阵发冷，后来来到城市，才逐渐不怕黑，因为我懂了背后给你捅刀子的人，比真正的黑夜还可怕。父亲不但没拿到我家的存款，还被村干部××狠狠羞辱一番，你家哪里来的存款？白纸黑字写着还欠村里两百块钱。父亲百口难辩，回到家中似是被人剥夺了说话权。距离过年还差多半月的一个黄昏，父亲咳得半天喘不过气来，母亲边擦泪，边轻轻拍打父亲的后背。像是一阵山呼海啸，一口鲜血从父亲的嘴中喷涌而出，他原本苍白的脸，一下子成为蜡色。父亲当然放不下四十多岁的母亲和六个儿女，可他没有回天之力。

我通过邮局给大哥邮走二十块钱，那是我工资的三分之一。后来有一年回老家时问起大哥，给爹立碑没？大哥却说那些立碑的都是有身份的。父亲的身份是隐形的，很多人都不知道，显然大哥担心给父亲立块碑属不伦不类。

时间切换到上世纪四十年代，那时母亲嫁给父亲不久，见父亲总是做贼似的，趁夜深人静时爬出被窝，掂起鞋子，往外走，不久又回来，重新躺下假寐。开始母亲认为父亲藏私房钱。初春的一个深夜，父亲又出了门，母亲紧随其后，可一出大门口，母亲不见了父亲人影。母亲返回院子，听见父亲的脚步声，尽管他把脚步放得很轻。母亲躲在门后，见父亲并没进屋，拿起铁锹开始在粪坑边沿挖，母亲越发奇怪，心想父亲总不会跑到外面捡了死狗死猫回来沤粪用的吧？当星空下铁锹停止闪光，父亲向四下看了看，从怀中掏出布包裹，弯腰放进坑中，重新拿起铁锹，铁锹被压抑的不敢出声，可一道道寒光告诉黑暗，父亲心里是那么的愉悦。他轻轻掸去身上土，悄悄掂铁锹走进柴房，出来时，他手中空空。

父亲前脚踏进堂屋门槛，后脚尚未跟上，突然腰部被硬物顶住，不许动。父亲认为被敌人发现，不作反抗。那人问父亲，往粪坑里藏什么了？父亲听出来是母亲，超过母亲一头高的父亲轻而易举制服了母亲，担心母亲吵嚷，惊醒孩子，父亲将母亲拽进柴房，告诉母亲自己藏了给八路军买枪支弹药的冀南票子。父亲看着母亲，母亲神态淡定，尽管她知道父亲要是被日本鬼子发现，头是保不住的，可她更清楚父亲这样做是为了什么。母亲并非一般女人，在她很小的时候便同姥姥跟五舅在赵县一带做"生意"，她的身份是老板之妹。老板是我五舅，十四岁参军，爬过雪山、走过草地，是革命需要，五舅转入地下工作，在冀南平原一带频繁活动，他时而以账房先生出现，时而又是绸缎庄老板，又有时是炸油条的小伙计，浑身上下浸满油渍。只是母亲从未向父亲透露过。

一日午后，村里突然响起一阵急促的铜锣声，那是约定的日本鬼子来村里抢东西的信号。第一个听见钟声的是我奶奶，她麻利的把手伸进灶下，在锅底蹭了两下，满手的黑灰掩盖住母亲瓷一般细腻的皮肤，一阵喧嚣，汉奸走在前面，后有五个挎步枪的日本鬼子，最前面的鬼子蓄

191

有八字胡，他扬起右手，四个鬼子一齐冲向里屋，用尖刀挑开家中所有的缸、罐、坛，不见其物，一阵气急败坏，缸、罐、坛四处飞溅。他们又挑开垒在炕柜上的被褥，可什么都不见。汉奸一把拽住奶奶，你家是不是为八路藏了钱？见过大世面的奶奶不紧不慢地说，家里吃了上顿没下顿，哪有钱送给外人。汉奸在八字胡耳边嘀咕一番，盯着躲在奶奶身后的母亲问，但见母亲黑眼球偏离轨道，只留白眼珠在眼睛中晃荡，右边嘴角似是被绳拽住，她含糊不清地说，往地里运运，运粪呢！汉奸有意识看一眼粪坑，气呼呼地走了。

　　鬼子走后，奶奶指着母亲的脑门，夸母亲机灵，不然逃不过这一劫。后来是母亲受父亲影响？还是她受手足爱国情结的影响，我说不好，总之母亲加入到村子里为八路做鞋子的队伍中，一做好几年。

　　躺在庄稼地里快五十个春秋的父亲，不知不觉中成为站在高速边看风景的人。他的坟四周除去树，一年三季有一扎高的草坪，翠绿翠绿的，宛如仙境。可我还是觉得欠缺以示纪念的一块石碑。

长寿花

说起来有些惭愧，我把长寿花送给了别人。母亲知道后气喘吁吁地跑到住在四楼的戴姐家，掐回一枝长寿花，插到小盆里。

我、大姐二姐和三姐都有长寿花，都是我们生日时母亲送的。母亲迷信长寿花的"长寿"二字。不仅如此，母亲还会破天荒的在我们几个生日时，操着具有老家方言的普通话，说一些祝福的话，什么长命百岁，什么平平安安、大吉大利。

长寿花是被母亲鼓捣回家了，可是我几乎没正眼看过它。只见它密匝匝的叶子，仿佛是一个复制一个，一点创意都没有。我在为君子兰、虎皮令箭和常春藤等花花草草施肥浇水时，从来对长寿花视而不见，更对它喊饥叫渴不动一丝恻隐之心。

出乎我意料的是长寿花以惊人的毅力活了下来，用自己的坚强与风斗、与雨斗，与看不起它的我斗。母亲就希望她的儿女能像长寿花一样，皮皮实实的，经得起岁月的考验。

说起来母亲是怕了。她从小没见过我姥爷，我姥姥活了也就五十出头，两个舅舅年龄也说不上大。最伤心的是四十来岁的母亲失魂落魄地看着腰还没弯、发还没白的父亲，走向了生命的尽头，而她束手无策。因此母亲格外心疼我们，谁有个头疼脑热的，吓得成晚上都不睡，生怕我们有什么闪失，留给她一生的遗憾。

至今母亲提起三姐来还难以自控，她说是她没尽到当母亲的责任，让三姐年纪轻轻就"走"了。我给母亲说人各有命，和盆里花一样，有时精心打理，它未必就活的葱郁，有的成天不管它，可是它该开花时谁都挡不住。其实是我拿长寿花作比喻。"非典"那年三姐咳嗽得上楼都喘不过气来，母亲逼她去大医院看看。大医院除没做肺部X光片外，检查结果全部正常，三姐就责怪母亲大惊小怪的，害自己花了那么多冤枉钱，母亲训斥三姐舍命不舍财。

没几天迎来了三姐四十六岁生日。母亲给三姐送去一盆长寿花，希望她沾了长寿花的光，能逢凶化吉，躲过这一劫，活他个百儿八十的。然而，吃药打针无数，三姐的咳嗽就是不见轻，反而吐得痰里出现了一缕一缕的血丝。母亲再次催促三姐去医院，三姐犯起倔劲，说什么也不去。再去时，医生就下了肺癌晚期的结论。母亲一下子傻了，傻得成天木偶似的不和我们说一句话，天天跑到家门口的小庙磕头作揖，求神灵把她的寿命给了三姐。母亲说她还能再活八十（岁）？三姐不同，她有未成年的女儿等着抚养。但神灵没答应。

一直以来母亲不信三姐死了的事实。不久前的一天下午，母亲一脸惊喜地告诉我在河边看见了三姐，三姐和许多人在一起跳舞。我知道母亲见到了和三姐长得特别像的一个人，那人我也见过。母亲显然是太想三姐了。

自从死神抢走了三姐的长寿之花，母亲更怕了。她怕自幼身体虚弱的我工作紧张吃不消，见我搂着书不放，还隔三差五写文章熬到半夜时，担心的长吁短叹。好几次母亲蹑手蹑脚来到我卧室门口，跟孩子似的露出小脑袋，小声说一句"年轻玩命干，老了拿钱换"，然后躲到旁边看我是否收工。我知道母亲在给我敲警钟，她既担心我虚度时光，又怕我伤神劳心。我只好作罢，母亲笑眯眯睡觉去了。

最近一年我在写散文上下了不少功夫，冷落了阳台上的那些花花草草。当灰蒙蒙的冬天被打包成历史时，我想起了母亲给我栽的长寿花。只见它墨绿色的叶子上镶了一圈洋红色的边，像极了心灵手巧的母亲给女儿缝制的带蕾丝的绿衣裙。它的花虽小，但形状宛如开在夜空中的繁星，点亮了我因疲惫有时昏暗的心灯。

每看一眼长寿花，我会想起母亲叮咛：人到中年，上有老，下有小，你必须好好的。

尊严

在院子里住了多年，没印象谁家有"傻"儿子，于是我问女人，你儿子啊？她说，对，儿子八岁了，有病。

女人一口浓重的四川话，引起了我的好奇。明白着我从她儿子含糊不清的口音中，能判断出是邯郸西部人，出于警察的职业习惯，我对母亲进行了"盘问"。听你口气是四川人，咋跑到北方来了？出乎意料的是，她说她是拐来的，说着脸上还呈现出不知是该哭、还是该笑的复杂表情。那一刻，我感觉自己比她还尴尬。可我还是打破了尴尬，问她当时是否想到跑？我了解一些被拐卖来的外埠女人，她们中多大数人选择逃离。前些年，我老家村里有人从人贩子中买来女人做媳妇，那女人生了孩子，村里人都以为她不会跑时，有一天带着孩子远走高飞。

我与这位母亲说话间，见"傻"儿子的手伸进她领口，吵着"吃奶，吃奶"。女人立刻做了一个严肃的表情，"傻"儿子有恃无恐，还撩开女人衣角，把头钻了进去。女人夸张地抬高手掌，我猜这巴掌下去，那"傻"儿子一定从怀中哭着退出来，谁知，她落在孩子屁股上的动作无声无息。

大概那位母亲看出了我的疑问，她说儿子四岁以前可聪明了，后来成了这样，带他到处看病，不见好，最近一晚上抽（搐）二十多次，北京儿童医院的医生说儿子脑子里有个瘤，手术费得十万。

只差几步，我会回到我的安乐窝。虽然日子家过得并不富裕，但因床上无病人，狱中无罪人，一家饱暖无饥寒，心里终日充满阳光。同在蓝天下，眼前这个母亲呢？她却过着看不见曙光的黑暗生活。我滋生了要帮帮她的念想，于是继续打破砂锅问到底：就这一个？她回答还有个女儿十五岁，小时候也抽（搐），只是犯病时间间隔长，不影响学习。

她谈到女儿时，脸上的阴霾很快被阳光驱散得一干二净：我女儿学习成绩可好了，还拿回不少奖状，现在不知是学习压力大，还是青春逆反期，反正她不听话。说完，女人叹了一口气，乌云又锁住了她的眉宇。

那你们怎么生活？其实，这才是我最关心的问题。她说一直靠打工养活一双儿女，现在打不了了，儿子每天抽。

我发现女人说话条理清晰，不像没受过教育的乡下女人。

不想继续如此沉重的话题，又不知该对她说些什么，那一刻，连从南方飘过来的云，都停了下来。

"孩子他爸不管吗？"我话一出口，感觉有点后悔，可泼出去的水，没办法收回。她说她曾对他说，咱穷不怕穷，只要肯吃苦照样能过上好日子，谁知他吃喝嫖赌啥都干，回到家还打她。

一阵冷风爬上我的脊梁骨，我下意识地双臂交叉在一起。她补充道，为给儿子看病，亲戚朋友借遍了，现在需要手术，去哪里整那么多钱？不给他看，他又能坚持多久？

这一次，不仅我的后脊梁发冷，整个人冷得不能控制，我为眼前这个母亲的命运发冷，被拐卖不说，还遇到这样一个男人。

当我把帮助女人的想法施之以行动时，被当地媒体捷足先登。着实说对他们母子的新闻报道，并没引起读者的关注，也许在他们看来这个世界上，比这母子三人可怜的人多得是；也许是"多一事不如少一事"的想法跳出来作祟。凭以往的惯例，让我相信后者是主要原因，就在那天的早晨，我在公交车上听到了一对情侣对话，男的说，刚才我见那人偷东西了，女的说，管那事干啥，又不是偷你的。

傍晚时，在焦化有限公司做副总的小兄弟发来短信，告诉我他想帮助这个母亲。为了不负兄弟这份沉甸甸的爱，我决定去女人的家（小区配电室），可一把铁锁把我拒之门外，我自以为是母亲故意锁的，那样她的儿子不至于跑到外面，让她找不到。

我礼貌地敲了三下铁门，里面没丝毫动静，只好去问她的邻居（社区门诊）。门诊内静悄悄地，前几天女人的儿子在此输过几天液，我想，或许他能知道这对母子去处。谁知医生说他们搬走了，搬到了哪里，他也不清楚。

莫非女人插翅而飞了？她为什么偏偏选择在报纸上刊登了他们的遭遇后离开？莫非她说得和事实有出路？我在心里嘀咕道。

兄弟不断发来短信催促我是否可以打款，我回复他，先别慌，再等等。那一刻，连我自己心里都没谱，总怕遇到一个利用别人善良的骗子。

一天、两天、三天，女人似人间蒸发，我为自己的"傻"，感到无地自容。时常在街头看到那些呈现出一副可怜兮兮像的老弱病残，慷慨解囊，去年在天津大悲院门口，因为给了一个残疾人一块钱，惹得另一个挂着拐杖的残疾人"跑"过来，挡住我去路。我着实讨厌这种强迫式乞讨方式，吓得夺路而逃，残疾人挂着拐杖，追了我好一段路，还甩给我一句话：还行善呢，不配！不止一次有人对我说，那些乞丐都是假的，我自认定，做善事是自己的事，骗人是别人的事。真是江山易改本性难移。

第六天，我通过小区电工，知道了女人住处，却再次吃了闭门羹。

女人住的是建筑工地的值班室（只因房子还需扫尾，空地当作了商场的临时停车场），其中一间住着门卫，另一间住着女人和孩子。门卫是一个看上去有六十多岁的乡下老头，他知道我寻找女人的目的后，压低声音对我说：这个女人不值得帮，不正经。怕我不信，他刻意告诉我，他听他伙计说，前天有个男的一晚上没走。

一种仿佛被男人戏弄了的感觉，从我骨子深处向表皮蔓延。我继续问，她家闺女呢？老头看热闹似的说，前几天跟一个腿瘸的男的来了，又走了。

至今，我忘不了看车老头说那个母亲时的表情，兼有轻蔑、鄙夷，看人笑话等情愫。在他看来十五岁的女孩能跟一个瘸子男人"鬼混"，完全是有其母的言传身教。

第二天与朋友聊起这个母亲。我本以为一向清高的他，会说可怜之人，必有可恨之处，这样的女人不值得帮。孰料，朋友说，我们有什么资格去取笑她？我们身边不乏人，为了留住所谓的爱人，不惜给他（她）磕头作揖；为了巴结上司，不惜像哈巴狗一样在主人面前摇头摆尾，我们的尊严又在哪里？是啊，一个走投无路的母亲，到底该怎么办？她用什么捍卫她的人格尊严？被人贩卖交易的是牲口和家畜，她——一个活生生的人，从天府之国骗来卖到山沟沟，从那刻起，她注定了没有尊严地活着。

再一次去女人家，谁知人去屋空。另一位看车老头好奇地看着我，我没说话，只是指了指小屋，他叹了一口气，说，走了，跟闺女一起走了，闺女找了个瘸子。

我认为他同情这一家三口人的遭遇，便倾倒出自己心声：真可怜啊！谁知看车老头竟铿锵有力地说，都是女的自己找的，她要是把两个孩子丢给她男人，至于作这个难？

我没有回答。在我看来这个母亲带着傻儿子到女儿婆家，是没办法的选择，如果不选择此路，她又能怎么活？

消失在天边的霞

　　我很难相信，距离法定结论年龄还差两岁的霞，竟然遵从媒妁之言，嫁给了城中村的一个老市民。说是老市民其实他年龄不大，只是早在若干年前他们家的一亩三分地，被市里征用，由菜民身份自动升格为市民。霞是农民，这在当时也算攀上了高枝。那个小名叫老D的男人，不光海拔不足，连性格也与"血气方刚"四个字毫无瓜葛。他们一个热辣、一个木讷，也许在月老眼里这叫绝配。我为霞将来的日子怎么过而发愁。霞长叹一声说要不是投生在乡下，谁会找这么个穷光蛋加窝囊废？认命吧！

　　霞的话透着一丝苍凉和无奈，这点我打心眼里认可。曾经我也为怎样才能吃上商品粮苦思冥想过，那劲头不亚于今天为能提一官半职而绞尽脑汁的人们。既然霞自己都认了，那生活就得继续。不久，一个小生命如期降临在她面前。日子艰难的霞没有像一般女人那样鸡鸭鱼不重样地过完满月，更没有理直气壮地接受丈夫的悉心照料，就连老二老三出生，霞也从未做过满月。不是霞不愿意，是不放心一手经营起来的摊位，交给木头桩子似的丈夫，她得拼命挣钱，养活包括公婆在内的七口人的大家庭。

在霞生下第一个女儿不久我去看她，昏暗阴冷的屋子里没一样像样的东西。霞绑着裤腿，头上裹着一块厚厚的绿围巾，俨然六七十年代乡下妇女的装扮。霞急急忙忙为孩子喂奶，非拽着我去她摊上看看不可，我想阻止，可没阻止住她为承担家庭重担毫不犹豫的脚步。

霞的摊位在她家胡同口向东不远处。当时在新华街摆摊的没几家，兴许是被运动禁锢多年的人们，刚从藩篱中跨出，还不好意思抛头露面于大庭广众之下，霞却不这样扭捏，她好像天生具备商贩特质，只见她站在折叠床前扯着嗓门喊道：健美裤、健美裤了，大姑娘小媳妇穿上健美裤越来越健美啦，快来买呀，来得晚了别后悔啊！人们越聚越多，不一会就卖出十几条。

没几年霞就把简陋的土坯房变成了气派的小洋楼。人逢喜事精神爽，这话千真万确，霞的精神面貌又恢复到了结婚前，她在两家商场有了专柜，用勤奋把大把大把的票子驮回家。然而，命运就此出现拐点，有一天女服务员红着脸告诉霞她怀孕时，霞才意识到大敌来临，她很难想到引领鸠占鹊巢的人，竟是老D。

依霞的脾气，我认为她一定会对"小三"动粗，甚至会爽快地答应与老D离婚。但我怎么也没想到霞会像祥林嫂一样絮絮叨叨逢人讲她的不幸，以求博得人们得同情。她向我诉说结婚后自己是怎样在风雨中打拼的，还说老D坏了良心，忘记了她这个当媳妇是怎样孝敬公婆，又是怎么厚葬老人入土为安的。

回到自己生活中，年幼的女儿和家里一些琐碎之事，羁绊着我一下把霞的烦恼扔在了脑后，直到一年后我才想起霞。霞憔悴了许多，我问她和老D是否和好？霞说泼出去的水怎么收回？我问她以后有什么打算？霞说除非老D给她五十万，否则免谈。最后霞还发出狠话：既然他不让我过，他也休想好过！

霞什么时候内心还藏着狭隘？我回答不上来。但我想兔子急了都咬人，何况霞为家付出了那么多。从没在我面前掉过泪的霞，把脸转了过去。我想劝劝霞，想对她说留着一个"人在曹营心在汉"的男人在身边，到头来受折磨的还是自己。

一个和平常没什么两样的清晨，我骑着自行车远远看见一团火在向我单位大门口移动。她扎马尾辫，着一身大红运动服，青春而富有朝气。不知怎的这个身影竟像磁铁一样，吸引着我脚下生风，转眼我就来到了这个漂亮女人身后，我故意摇铃铛，想看下她的芳容，女人一回头我大吃一惊。

仅三个月没见面，霞消瘦了一圈，由之前的骆驼型身材成为一匹皮包骨头的瘦马，我心疼的泪水夺眶而出。霞苦笑了一下用纤细的手紧紧抓住了我的车把，我们面对面沉默良久，突然霞眉飞色舞地告诉我："小红，我买了一辆依维柯，专跑济南，你有时间找我啊！我带你到济南好好玩两天。"我为霞从令她纠结的感情中走了出来，暗自为她庆幸。霞看看表说得去发车，我们互道珍重，她像一片云霞渐渐淡出了我的视野。

真想不到，这竟是我们最后一面，霞发生了车祸。那句珍重，也成了今世的诀别赠言。